विषकन्या

श्राबोनी बोस

टू साइन

प्रकाशक : ट्रू साइन पब्लिशिंग हाउस
पता : SY.N0.21/2 & 21/3, सोननहल्ली,
कृष्णराजपुरा, बेंगलुरु, कर्नाटक - 560049 भारत
ईमेल : truesignbooks@gmail.com
वेबसाइट : www.truesign.in

विषकन्या

लेखिका: श्राबोनी बोस

ISBN: 978-93-5584-756-0

संस्करण: 2023

अनुक्रमणिका

विषकन्या 5

अवतरण - १ 14

अवतरण - २ 41

अवतरण - ३ 57

अवतरण - ४ 58

अवतरण - ५ 60

अवतरण - ६ 62

अवतरण - ७ 64

अवतरण - ८ 66

विषकन्या

विषकन्या? विषकन्या क्या है?

विषकन्या की उत्पत्ति कहाँ से हुयी है?

विषकन्या के जन्म के क्या कारण है? हमारे देश में विषकन्याओं का बहुत वर्णन मिलता है। विषकन्या की अपनी अदभुध शक्तियाँ होती है जो प्राचीन काल के राजा, महाराज अपने स्वार्थ के लिए प्रयोग करते थे। प्राचीन कथाओं में इनका वर्णन देखने को मिलता है।

चाणक्य का नाम मौर्य समाज के लिए एक विशेष नाम था। उनके समय में पहली बार विषकन्या का वर्णन मिलता है। चाणक्य को कई नाम से जाना जाता था, कौटिल्य, विष्णु आदि।

विषकन्या एक शक्ति है, माया है, एक ऐसी शक्ति जिसे बचपन से ज़हर देके तैयार किया जाता था। विषकन्या बहुत ही ख़तरनाक हथियार होती थी। ऐसा हथियार जिसकी कोई काट नहीं होती थी। उनसे कोई भी कार्य करवाया जा सकता था, उनकी शक्तियाँ अदभुध होती थी।

ये वे बच्चियाँ होती थी जो राजाओं की अवैध संताने होती थी, जैसे दासियों से साथ उनके मेल से आयी संताने या फिर अनाथ या गरीब बच्चियाँ। इन्हें राजमहल में ही रखकर खानपान का ध्यान रखा जाता था। कुछ दिनो बाद ही इन्हें ज़हरीला बनाने की प्रक्रिया शुरू होती, कम उम्र से ही धीरे धीरे अलग अलग तरह के ज़हर की मात्रा बड़ाई जाती थी। इस प्रक्रिया में ज़्यादातर बच्चियाँ मर जाती थी। कुछ विकलांग हो जाती थी। और जो बच्चियाँ सही सलामत रहती, उन्हें और घातक बनाया जाता था।

विषकन्याओ को नृत्य संगीत, साहित्य, संजने सवारने और लुभाने की कला में पारंगत बनाया जाता था। पूरा ध्यान रखा जाता कि वो इस तरह तैयार हो कि किसी राजा, महाराजा से बातचीत कर उन्हें लुभा सकें।

युवा होते होते वह इतनी ज़हरीली हो जाती थी कि उनके शरीर का स्पर्श भी जानलेवा हो ज़ाया करता था।

ज़हरीला बनाने की इस पूरी प्रक्रिया को मिथ्रिडायटिज़्म नाम से जाना जाता है। इसके तहत शरीर में धीरे-धीरे जहर डालकर उसे जहर के लिए इम्यून बनाया जाता है। इस शब्द का इतिहास भी दिलचस्प है। ये पोंटस और आर्मेनिया के राजा मिथ्रीडटेस 6 के डर से उपजा था। राजा के पिता को जहर देकर मारा गया था। इससे राजा इतना डर गया कि वो तरह-तरह की कल्पनाएं करने लगा। भविष्य में उसके साथ ऐसा न हो, इसके लिए वो रोज खुद थोड़ा-थोड़ा जहर खाता ताकि उसकी मौत न हो।

मिथ्रिडायटिज़्म हर तरह के जहर के साथ नहीं किया जाता था। इसके लिए केवल उसी तरह का जहर लिया जाता था जो बायोलॉजिकली ज्यादा जटिल संरचना के हों क्योंकि शरीर का इम्यून सिस्टम उसी पर प्रतिक्रिया देता है। एक बार थोड़ा जहर देने के बाद दोबारा उसी तरह का जहर देने पर लिवर की कंडीशनिंग हो जाती है और वो ज्यादा एंजाइम बनाता है, जिससे जहर पच जाए। इसे सायनाइड के उदाहरण से समझा जा सकता है। सेब या कई दूसरे फलों के बीज में सायनाइड होता है, जो अक्सर हम खा भी लेते हैं। चूंकि ये थोड़ी मात्रा में शरीर के भीतर जाता है, लिहाजा आदी हो चुका हमारा लिवर उसे पचा जाता है।

कहा जाता है कि ग्रीक राजा सिकंदर (अलेक्जेंडर द ग्रेट) जब दुनिया फतह करने निकला था तो उसके गुरु अरस्तू ने उसे भारत की विषकन्याओं के बारे में आगाह किया था। युद्धकला के महारथी मेसेडोनिया के इस प्रशासक ने भारत फतह के दौरान खास ध्यान रखा कि उसका यहां की युवतियों के साथ ज्यादा संबंध न हो, या हो भी तो जांच-परखकर। चाणक्य (३४०-२९३ ईपू) के अर्थशास्त्र में भी इसका जिक्र मिलता है।

मौर्य शासक चंद्रगुप्त मौर्य के शासनकाल के दौरान उनके सलाहकार और गुरु चाणक्य ने इसमें विषकन्या तैयार करने की जरूरत पर बात की। हिंदू माइथोलॉजी कल्की पुराण में विष के बारे में कहा गया है कि वो इतनी जहरीली होती थीं कि देखने या चुंबन लेकर जान ले सकती थीं। नृत्य-गीत के देवता गंधर्व की पत्नी सुकन्या भी विषकन्या मानी जाती थीं।

साहित्य में भी बेहद हसीन इन विषकन्याओं की चर्चा होती रही है। खासकर संस्कृत साहित्य में इसका काफी जिक्र मिलता है। हिंदी लेखिका शिवानी के इन पर उपन्यास हैं। वहीं मराठी साहित्य में भी इन पर लिखा गया है।

लोककथाओं में भी विषकन्या विषय खूब फला-फूला। संस्कृत साहित्य सुकसप्तित में तोता अपनी कहानी की नायिका को अपने शरीर के जहर से मारने वाली युवती पर कहानी सुनाता है।

हालांकि ऐसा कोई ऐतिहासिक दस्तावेज नहीं है जो पुराने समय में विषकन्याओं के होने की पुष्टि कर सके लेकिन तब भी दुनिया भर के साहित्य और लोकगाथाओं में उल्लेख इसके होने पर मुहर लगाता है। हनी ट्रैप को विषकन्या का ही आधुनिक टर्म माना जाता है। ये एक तरह की

महिला जासूस होती हैं जो सेना के अधिकारियों से जरूरी जानकारियां निकालने के लिए अपनी सुंदरता को हथियार की तरह इस्तेमाल करती हैं।

इन्हीं में से एक है माता हारी। इन्हें बाद में एजेंट एच 21 के नाम से जाना गया जो कि उनका सीक्रेट कोड था। नीदरलैंड्स में साल 1876 में जन्मी माता हारी का असल नाम मार्गरेट ट्सेला था। बाद में एक पुजारी ने इन्हें माता हारी नाम दिया। इंडोनेशिया में इसका अर्थ सूर्य होता है। ये बेमिसाल सुंदरी और बेहद कामुक नृत्यांगना थीं। पहले विश्वयुद्ध में उन्हें जर्मनों की ओर से फ्रांस की जासूसी के आरोप में मौत की सजा दी गई लेकिन आखिर तक ये साफ नहीं हो सका कि वे दरअसल किसके लिए काम करती थीं। हाल ही के वक्त में भारतीय डिप्लोमेट माधुरी गुप्ता पर भी हनी ट्रैप का इलजाम लगा। वह इस्लामाबाद की इंडियन हाई कमीशन में काम करती थीं। उन पर आरोप था कि वह पाकिस्तान की ओर से भारत की जासूसी कर रही थी।

विषकन्याओं की तरह विषपुरुष भी होते थे। बिल हास्ट एक ऐसे ही विषपुरुष हैं जो मियामी में सांपों के लैब के डायरेक्टर हुआ करते थे। वह मेडिकल और रिसर्च के लिए सांपों के जहर निकाला करते थे। उन्हें सैकड़ों बार दुनिया के सबसे जहरीले सांपों ने काटा था। धीरे-धीरे वह हर तरह के जहर के लिए इम्यून हो गए। गिनीज बुक में भी उनका नाम है। ऐसे ही बर्मा मूल का एक शख्स जहरीले सांपों का जहर निकालकर उनसे अपने शरीर पर टैटू बनाया करता था।

विषकन्या और विष पुरुष दोनो ही जीते जागते हथियार होते होते है, उनकी अपनी कोई इच्छा नहीं होती इन्हें स्वार्थ के लिए इस्तेमाल किया जाता था। इनका वार कोई नहीं सहन कर सकता था। इनकी अपनी कोई भावना नहीं होती थी, यह कठपुतलियाँ होती थी।

शुरुआत में उन्हें तंत्रमंत्र के सहारे ज़हरीला बनाया जाता था लेकिन धीरे धीरे मांत्रिक शक्तियाँ उनसे जुड़ जाती थी। तब यह प्रभावशाली विषकन्या के रूप में जानी जाती थी।

यह कहानी भी इसी एक प्रकार की विषकन्या के बारे में है। जिसके ज़िंदगी के उतार चढ़ाव को आप महसूस करेंगे।

उत्तराखंड में चमोलि ज़िले के देवाल नाम के स्थान पर एक मंदिर है। वहाँ पर आज भी जो लोग पूजा करने के लिए जाते है, उनके आँख, नाक, मूँह को पट्टी से बांध दिया जाता है। यह मंदिर नागराज का है। नागराज का यहाँ मंदिर है और यहाँ के स्थानीय लाटु देवता का है। माना जाता है की वह यहाँ अपने दिव्य मणी के साथ विराजमान है। मणी की रोशनी बहुत तेज होती है इसकी चमक बहुत ज़्यादा होती है। इसके तेज से कोई अंधा ना हो जाए इस कारण इसे बहुत ही कम खोला जाता है। यह मंदिर बिलकुल वैसा है जैसा की उज्जैन का नागचंद्रेश्वर है।

यह कहानी माधवी नाम की विषकन्या की है जो कृपा देव ने अपने शिष्य को सुनायी थी। वह इसी मंदिर में रहा करते थे और यह मंदिर तब मंदिर नहीं था बल्कि एक सिद्ध स्थान था। यहाँ कृपा देव तंत्र मंत्र का अध्यन करते थे। कृपा देव ने ही अपने शिष्य को विषकन्या की जानकारी दी थी।

कृपा देव ने बताया था की माधवी नाम की कन्या हुई थी जो कि सौ साल के पहले की कहानियो में छुपी हुई है। उन्होंने अपने शिष्य को बताया की माधवी नाम की विषकन्या की उत्पत्ति किस प्रकार हुई। उसके जन्म के क्या कारण थे? किस तरह उसे बचपन से ही ज़हर देकर विषैला बना दिया गया था। उसके पास इतनी अदभुत शक्ति थी कि उसे रोकने का सामर्थ्य किसी के बस में नहीं था।

ऐसी विषकन्या को बनाना आज भी सम्भव है। तंत्र मंत्र और गोपनीयमार्ग से आप भी ऐसी शक्ति को बना सकते है।

कोई कहता है कि वह आधी लड़की होती है, और आधी नागिन होती है और उनके गले में साँपो जैसी ग्रंथिया होती है। विषकन्याए मनुष्य ही होती है उन्हें तैयार किया जाता है। नागिन का कोई सच नहीं है वे काल्पनिक होती है, कहा जाता है नागिन किसी का भी रूप बदल सकती है लेकिन विषकन्याए रूप नहीं बदलती उनका विष ही उनका हथियार होता है। वैदिक साहित्य में कहा गया है कि विषकन्याओ का प्रयोग जासूसी कार्य के लिए किया जाता था। वैदिक ग्रंथो में वर्णन आता है की विषकन्या का प्रयोग राजा अपने शतुओं को छलपुर्वक मारने के लिए करते थे। विषकन्याएँ इतनी सुंदर होती थी कि कोई भी इनके रूप के सामने खड़ा नहीं हो पाता था। विषकन्याओ को बचपन से ज़हर दिया जाता था, विषैले वृक्षों का ज़हर पिलाया जाता था। विषैले प्राणियों से उनकी जीभ को कटाया जाता था जिससे वे बहुत ही ज़हरीली हो जाती थी।

विषकन्याओं को नृत्य गायन और संगीत की शिक्षा भी दी जाती थी।

विषकन्याओं की साँसे भी विषैली होती ही अत: वे जब फुँकती थी तो उससे ज़हर पैदा हो जाता था। इतिहास के पन्नो में तो विषकन्याओं के अस्तित्व का प्रमाण मिलता है। इसी प्रकार सातवी सदी में मुद्राराक्षस एक नाटक था जिसमें भी विषकन्या का वर्णन किया गया है। संस्कृत ग्रंथ राजकन्या का कामसुंदरी में भी विषकन्या के बारे में वर्णन किया गया है।

इसी प्रकार कोई भी विषकन्या अगर किसी पुरुष के साथ सम्बंध बना ले तो उस पुरुष की मृत्यु १००% निश्चित है। इसी प्रकार कोई विषकन्या किसी पुरुष को चूम ले तो उसकी मृत्यु निश्चित है।

विषकन्या का पूरा शरीर यानी उनका थूक, पसीना, खून सब कुछ ज़हरीला हो चुका होता था। उनसे किसी भी तरह का शारीरिक सम्बंध जानलेवा साबित होना निश्चित था।

इनके नाखूनों, इनके दाँतों में बहुत ही ज़्यादा ज़हर भरके इन्हें बहुत ही शक्तिशाली बना दिया जाता था और यह अपने दांतों, नाखूनों, थूक का इस्तेमाल करती थी अपने दुश्मनो को मारने के लिए।

आज भी कहा जाता है कि किसी लड़के या लड़की के जन्मकुंडली में विष पुरुष या विषकन्या योग है तो उसे शादी से पहले जान लेनी चाहिए। वरना दाम्पत्य जीवन में हानि होती है।

ज्योतिषी के अनुसार सप्तम तिथि हो, मंगलवार का दिन हो या विशाखा नक्षत्र हो तब विषकन्या योग बनता है। द्वादशी तिथि को शनिवार का दिन हो कृतिका नक्षत्र हो उस समय जन्म लेने वाली कन्या के कुंडली में विष का या योग होता है।

अगर जन्म चक्र में सप्तम भाग में शुभ ग्रह की दृष्टि पड़ेगी तो विषकन्या का प्रभाव नष्ट हो जाता है। कई लोगों का मानना है कि विषकन्या आज भी मौजूद है और उन्होंने अमरता प्राप्त कर ली है।

विषकन्या यानि ज़हरीली लड़की क्या आज के ज़माने में ये संभव है की किसी इन्सान को विषयुक्त यानि जहरीला बनाया जा सके? पुराने समय में खुबसूरत लडकियां जो राजा महाराजा द्वारा अपने भोग विलास के काम में लायी जाती थी और समय आने पर दूसरे राजाओ को गिफ्ट के तौर पर भी भेजी जाती थी।

आइये मैं आपको इतिहास से जुड़ी कुछ विषकन्याओं के बारे में, बताती हूँ।

इनकी वजह थी आपसी षड़यंत्र अगर दुश्मन आपसे ज्यादा शक्तिशाली है तो उसे लडकिया भेज दो और उसके जरिये उसे मरवा दो। विषकन्या लडकियों को बचपन से ही विष की मात्रा दी जाती थी ताकि इनके शरीर में विष बन सके।

आइये मैं आपको बताती हूँ विषकन्या से जुड़े हुए राज़, शरयंत और फैक्ट के बारे में विस्तार से......

विषकन्या और विषपुरुष का जिक्र हम बचपन की कहानियो में सुनते आ रहे है। पुराने टाइम में राजा महाराजा अपने से शक्तिशाली लोगो को छल कपट से अपने रास्ते से हटाने के लिए सुन्दर कन्या उनके पास भेजते थे जिसके रूपजाल में फंस कर वो उसे अपने साथ ले जाते थे।

ये विषकन्या मौका मिलते ही अपना जहर उनके शरीर में पहुंचा देती थी। जिससे किसी को उन पर शक भी नहीं होता था। कैसे एक सुंदर कन्या इतनी जहरीली हो सकती है? विषकन्या क्या होती है? कैसे बनती है? आइये जानते है ऐसी ही कुछ बातो को।

विषकन्या क्या होती है?

बचपन में हम राजा महाराजाओ की कहानी सुनते तो उसमे एक ऐसी नायिका या नायक के बारे में सुनने को मिलता था जो अकेले ही राजा या किसी बड़े पद के व्यक्ति को आसानी से रास्ते से हटा देते थे। विषकन्या एक ऐसी लड़की होती है जो अपने अंदर ज़हर को धारण कर रखती है। लम्बे समय से विष की मात्रा धीरे धीरे लेने से उसका शरीर इस विष को धारण करने लायक बन जाता था और फिर वो किसी को भी उस विष के प्रभाव से ख़त्म कर देती थी।

विषकन्या एक साधारण कन्या ही होती थी जो एक लम्बी पद्धति के बाद विषकन्या बनती थी इन्हे एक हथियार के रूप में राजा महाराजा अपने काम के लिए इस्तेमाल करते थे।

विषकन्या कैसे बनती है?

विषकन्या बनने का गुण कुछ बच्चो में बचपन से ही होता था। नगरवधू की निगरानी में इन बच्चो को एक ऐसे जहर की डोज दी जाती थी जिसका प्रभाव धीरे धीरे चढ़े। उन बच्चो का शरीर धीमे जहर को धीरे धीरे स्वीकार करने लगता था और फिर उनके अंदर भी जहर बनना शुरू हो जाता था। यहाँ तक की उनके जहर से साँप भी मर सकते थे फिर इंसान की बिसात ही क्या?

विषकन्या या विषपुरुष की पहचान करना बेहद मुश्किल होता था क्यों की ऊपर से कोई इनके और साधारण मनुष्य में फर्क पता नहीं कर सकता था। इस वजह से ये अपने आसपास के लोगो में घुल मिल जाते थे और मौका देखते ही अपने काम को कर वहा से निकल लेते थे। इन्हे सिर्फ जहरीला ही नहीं बनाया जाता था बल्कि हर तरह की ट्रेनिंग दी जाती थी फिर चाहे वो दुसरो को रिझाने के हो या फिर शस्त्र विद्या हो ये हर तरह की कला में माहिर बन जाते थे।

क्यों बनती है विषकन्या?

दरअसल पुराने समय में किसी शतु को ख़त्म करने के लिए कई तरीके अपनाये जाते थे जिसमे युद्ध सबसे बड़ा माध्यम था लेकिन तब क्या होगा अगर शतु आपसे ज्यादा बलशाली हो और आपके पास उससे लड़ने के लिए सही बल भी न हो। ऐसी स्थिति में विषकन्या या विषपुरुष काम आते थे। ये उन लोगो के साथ मिल जाते थे जिन्हे ख़त्म करना होता था।

अगर पुरुष होता था तो नौकर बन कर राजा की सेवा करता और अगर कन्या होती थी तो राजा का मनोरंजन करती थी जिससे की किसी को कोई शक भी नहीं होता था। सही मौके की तलाश में रहते इन लोगो को बस एक मौका चाहिए जिससे ये चूकते नहीं थे। एक तरह से ये राजा महाराजा के गुप्त हथियार का एक हिस्सा ही थे।

जन्म से जुड़ा है विषकन्या बनने का राज.....

कुछ बच्चो के जन्म के समय जब लोगो को पता चलता की शादी के वक़्त जिससे इस बच्चे की शादी होगी वो मर जाएगा तो लोग ये सोच कर की किसी की जिंदगी ख़त्म करने की बजाय इसे शाही सेवा में लगा दिया जाए।

यही सोच कर लोगो अपने बच्चे राजा को सौंप देते थे जो नगरवधू के पास रहकर हर तरह की कला सीखते। साथ ही इन्हे जहरीला भी बनाया जाता था। इसके लिए उनके शरीर में ऐसे जहर को पहुँचाया जाता था जो कम जहरीला हो।

धीरे धीरे जब इस जहर को शरीर एक्सेप्ट कर लेता था तब जहर की मात्रा को बढ़ा दिया जाता था इससे बच्चे का शरीर इतना जहरीला हो जाता था की उसकी लार और नाख़ून काटने से भी दूसरे के शरीर में जहर फ़ैल जाता था और वो मर जाता था।

कल्किपुराण के अनुसार उस काल में जब किसी घर में पंडित किसी बच्चे को विषकन्या योग से पीड़ित बता दिया करते थे तो उस बच्चे को परिवार से अलग कर राजा की सेवा में भेज दिया जाता था।

मैं आपको विषकन्याओं से जुड़ी कुछ ऐतहसिक कहानियो के बारे में बताती हूँ।

विषकन्या की ऐतिहासिक कहानी.........

इतिहास के अनुसार कौटिल्य शास्त्र के रचियता चाणक्य के सन्दर्भ में कहा जाता है कि उन्होंने कई बार मौर्य साम्राज्य के संस्थापक चन्द्रगुप्त मौर्य के प्राणों की रक्षा की। जिनमें से कुछ हमले विषकन्याओं का प्रयोग करके भी किये गये थे। उन्हीं में से एक प्रसंग इस प्रकार है....

एक बार की बात है। नन्द वंश के तात्कालीन सम्राट धनानन्द के मंत्री ने एक षड्यन्त्र किया। उसने छलपूर्वक विजय अभियान से लौटकर आये हुए चन्द्रगुप्त मौर्य के स्वागत में एक विषकन्या को भेजा। किन्तु विषकन्या जैसे ही चन्द्रगुप्त के रथ के सामने आई,

चाणक्य ने उसे रोक दिया और चन्द्रगुप्त के साथी राजा प्रवर्तक से कहा कि "इस रूपवती स्त्री को तुम स्वीकार करो" राजा प्रवर्तक ने विषकन्या को स्वीकार कर लिया।

राजा प्रवर्तक युद्ध में चन्द्रगुप्त मौर्य का सहयोगी था। अत: राज्य के नीति नियमों के अनुसार उसे आधे राज्य का स्वामी बनाया जाना था। किन्तु जैसे ही उसने विषकन्या का हाथ पकड़ा, विषकन्या के हाथों में लगा पसीना उसे लग गया।

जिससे प्रवर्तक के शरीर में विष फ़ैल गया और वह बीमार पड़ गया। उसने मित्र चन्द्रगुप्त मौर्य को मदद के लिए बुला भेजा। चन्द्रगुप्त ने राज्य के सभी वैद्यों को उसकी चिकित्सा करने के लिए नियुक्त कर दिया। किन्तु जहर शरीर में इतना फ़ैल चूका था कि उसे नहीं बचाया जा सका और अंतत: उसकी मृत्यु हो गई।

इस घटना से कुछ इतिहासकार यह मतलब निकालते है कि चाणक्य ने जानबूझकर विषकन्या को राजा प्रवर्तक के पास भेजा था। उनका मानना है कि चन्द्रगुप्त की प्राण रक्षा के लिए राजा प्रवर्तक का मरना जरुरी था।

राजनैतिक नियम के अनुसार जब किसी राज्य को दो राजाओं में आधा – आधा बांटा जाता है तो एक न एक दिन उनमें आपस में युद्ध अवश्य होता है। किन्तु यह महज एक अनुमान मात्र है।

इस घटना के बाद चाणक्य ने चन्द्रगुप्त को भविष्य में विषकन्या और विष के प्रभाव से बचाने के लिए भोजन के साथ अल्प मात्रा में जहर देना शुरू कर दिया तथा दिन प्रतिदिन उसके आहार में विष की मात्रा बढ़ाते रहने की व्यवस्था की, ताकि चन्द्रगुप्त भविष्य में जाने – अनजाने में भी किसी विषकन्या के संपर्क में आये तो उससे सुरक्षित रह सके। इस प्रकार चन्द्रगुप्त विष के प्रभाव से पुर्णत: सुरक्षित था।

एक दिन की बात है, जब सम्राट चन्द्रगुप्त भोजन कर रहे थे। तभी वहाँ उनकी गर्भवती महारानी का आगमन हुआ। महाराज को भोजन करते देख महारानी की भी इच्छा हुई कि महाराज के साथ भोजन करें। अपनी इच्छा के अनुरूप महारानी ने चन्द्रगुप्त की थाली में से भोजन का एक कौर उठाकर खा लिया। भोजन में मिले हुए विष के प्रभाव से महारानी कुछ ही क्षणों में मूर्छित हो गई।

राजा चन्द्रगुप्त ने राजवैद्यों को बुलाया और महारानी के अचानक मूर्छित होने की बात बताई। किन्तु कोई भी महारानी के मूर्छित होने का वास्तविक कारण नहीं जानता था। तभी यह बात चाणक्य को पता चली। उन्हें पता था कि रानी मूर्छित क्यों हुई। उन्होंने तुरंत शल्य – चिकित्सकों को बुलाकर रानी के गर्भ में स्थित बालक को निकलवा लिया। बालक तो बच गया लेकिन महारानी की मृत्यु हो गई।

महारानी के विषैला भोजन करने से बालक पर कोई खास असर नहीं हुआ लेकिन उसके ललाट पर एक नीला निशान बन गया था। माथे पर उभरे नीले निशान के कारण ही चन्द्रगुप्त ने उसका नाम बिन्दुसार रख दिया। आगे चलकर यही बिन्दुसार राज्य विस्तार और जैन धर्म के प्रचार के लिए प्रसिद्ध हुआ।

इस प्रकार विषकन्याओं द्वारा छलपूर्वक शत्रु राजाओं की हत्या की जाती थी तथा राजाओं के शुभचिंतकों द्वारा उसकी सुरक्षा करने के लिए उन्हें भी प्रतिदिन अल्प मात्रा में विष देकर विषपुरुष बना दिया जाता था। ताकि विषकन्या का उन पर कोई खास प्रभाव न पड़े।

विषकन्या को बनाना महाराज का आपसी स्वार्थ होता था।

विषकन्या हो या विषपुरुष दोनों का ही राजा अपने स्वार्थ के लिए इस्तेमाल करते थे। इसके जरिये वो उन लोगो को आसानी से ख़त्म करवा देते थे जो उनसे ज्यादा शक्तिशाली थे और सीधे टकराव नहीं कर सकते थे।

विषकन्या या विषपुरुष के इस्तेमाल से वो आसानी से दुसरो को अपने रास्ते से हटवा देते थे और किसी को शक भी नहीं होता था की कोई किसी को मरवाने वाला है।

उपहार में भेजी जाती थी विषकन्या

चन्द्रगुप्त मौर्य काल (३२१ – १८५ बी सी) में लिखे गए एक महाग्रंथ "मुद्राराक्षस" में विषकन्या का जिक्र है जिसे नगरवधू राजा के लिए खुद तैयार करती थी। ये नगरवधू शाही वेश्या होती थी। राजा महाराजा के निजी कार्यो की पूर्ति के लिए ये सुन्दर कन्याओ को विषकन्या बनाती थी।

एक अन्य जगह कौटिल्य के अर्थशास्त्र में वर्णन किया गया है की चन्द्रगुप्त मौर्य के दुश्मन और तत्कालीन राजा नन्द के महामंत्री अमात्य राक्षस ने छल से नगरवधू की तरफ से भेजी गई भेंट को राज-दरबार में पेश किया गया।

चन्द्रगुप्त उपहार में इस सुंदरी को पाकर खुश हो गए, लेकिन तभी चाणक्य ने कहा की चन्द्रगुप्त के बजाय ये उपहार उनके मित्र राजा पर्वतक को दिया जाना चाहिए क्यों की उन्होंने संकट के समय राजा की मदद की।

जब राजा पर्वतक रहस्यमयी तरीके से दूसरे दिन मरे मिले और कन्या गायब तब चाणक्य ने चन्द्रगुप्त को ये राज जाहिर किया की ये विषकन्या थी जो उसे मारने के लिए भेजी गई थी।

आज विषकन्याओं का अस्तित्व या प्रमाण पाया तो नहीं जाता

लेकिन उनके जैसे कर्म करने वाले अनेको मिल जायेंगे। विषकन्या राजा के प्रति वफादार होती थी और दुसरो को राजा के इशारे पर बहला फुसला कर तैयार करती थी। आज के दौर में भी कुछ ऐसा ही है। आज के दिनो में शरीर में विष भरने की ज़रूरत नहीं पड़ती लेकिन अपने मालिक के बफ़ादार कहीं मिल जाते है जो अपने मलिक के लिए अपनी जान तक दाव में लगा देते है। उन्हें हर कला में निपूर्ण किया जाता है। उन्हें अपनी आत्मरक्षा के लिए ट्रेनिंग दी जाती है। जिन लड़कियों को इस काम के लिए चुना जाता है वह कमाल की खूबसूरत होती है।

पाकिस्तान और चीन ये देश पड़ोसी देशो की जासूसी करने के लिए खूबसूरत लड़कियों को उनके पास उनसे नजदीकियां बढ़ाने के लिए प्रेरित करते है। और फिर उनसे उनके देश के सभी गुप्त राज खुलवा लेते थे।

खूबसूरती का जाल बिछा कर कुछ देश अपनी लड़कियों को दूसरे देशो में भेज देते है और इन्हे हर तरह की ट्रेनिंग देकर इस लायक बनाते है की ये हर तरह की परिस्थिति में खुद को संभाल सके।

आज भी विषकन्या लोगो के स्वार्थ के लिए काम कर रही है फर्क सिर्फ इतना है की आज के दौर में विषकन्या जहरीली नहीं उनके काम जहरीले है।

हमारी नयी कहानी प्रारम्भ होती है माधवी नामक विषकन्या के प्रसंग से जो की गुरु देव कृपा देव अपनी शिष्य को बताते है जिसे विषकन्याओं के बारे में कोई जानकारी नहीं थी।

कृपा देव अपनी शिष्य को कहते है कि आज जहाँ मंदिर है पहले यह मंदिर नहीं हुआ करता था। यह एक ऐसा स्थान था जहाँ पूजा और साधना की जाती थी। इस जगह कृपा देव भी साधना करते थे।

इस जगह को बाद में मंदिर में परिवर्तित कर दिया गया जिसे देवाल नाम से जाना जाता है। आज भी लोग यहाँ आँख, नाक, कान, मुख पर पट्टी बांधकर पूजा करने आते है।

यहाँ पर गुरु से सारी शक्तियाँ, विद्या शिष्य प्राप्त करते थे और यह परम्परा सालों से चली आ रही है। गुरु अपनी सारी विद्या, शक्तियाँ शिष्यों को दे दिया करते थे।

अवतरण - १

एक बार की बात है, कृपा देव जी बैठे हुए थे तभी उनके सामने नाग आ गया और उनपर फुंकारने लगा। दूर से उनका एक शिष्य उनको देख रहा था। तो उसने एक डंडी लेकर उसे हटाने की कोशिश की लेकिन वह साँप वहाँ से नहीं हटा और बहुत ज़ोर से फुंकार रहा था। कृपा देव अपनी समाधि में बैठे हुए थे। कृपा देव ने जब अपनी आँखे खोली तो साँप को अपने सामने देखा कृपा देव ने जैसे ही साँप की आँखो पर अपना ध्यान केंद्रित किया तभी साँप वहाँ से नीचे की ओर चला गया।

थोड़ी दूर जाने के बाद ही साँप का रूप, स्वरूप एकदम से प्रवर्तित हो गया। साँप नदी के किनारे पहुँचा जहाँ पहाड़ी थी। साँप ने कन्या का रूप धारण कर लिया। उस कन्या ने पानी में प्रवेश किया।

यह देखकर कृपादेव का शिष्य अचरज में पड़ गया। शिष्य ने जाकर यह बात अपने गुरुदेव, कृपा देव को बतायी कि "गुरुदेव, वह नागिन थी थोड़ी दूर जाकर उसने स्त्री का रूप ले लिया, क्या नागिन स्त्री हो सकती है? या स्त्री क्या नागिन हो सकती है? इस बारे में आप कुछ बतायिए?"

कृपा देव कहते है "यह तो अलग ही तथ्य है कन्या या नागिन! लेकिन यह सत्य है क्यूँकि मुझे पता है की विषकन्या होती है और उन्हें मैं जानता हूँ।"

उत्सुकता वश शिष्य कृपा देव से पूछता है "विषकन्या! यह क्या चीज़ होती है?

कृपा देव ने कहा "पुराने समय में ज़हर देकर के विषकन्याओ का निर्माण किया जाता था। उन्हें तंत्र मंत्र की शक्तियों से भी सम्पन्न किया जाता था। तंत्र मंत्र की शक्तियाँ पाकर वह बहुत शक्तिशाली हो जाती थी।

इनमे धरती पर आज भी बहुत सारी विषकन्याएँ घूम रही है। वह अमर हो चुकी है वे ना तो कभी मरने वाली है और ना ही बूढ़ी होने वाली है। तुमने अभी जो देखी वह नागिन नहीं विषकन्या थी, इसको वो सारी शक्तियाँ प्राप्त है जिससे यह मनुष्य का रूप भी ले सकती है और नागिन का रूप भी ले सकती है।

मेरी पूजा और साधना को देखकर मेरे पास आ गयी थी और मेरी ऊर्जा को ग्रहण करना चाह रही थी।"

शिष्य बड़े ही हैरानी से अपने गुरु की बातें सुन रहा था। उसने कृपा देव को कहा कि "गुरुदेव! मुझे विषकन्याओं के बारे में कोई जानकारी नहीं है। कृपया आप मुझे बताए?"

शिष्य की बात सुन कर गुरु देव बोलते है "अच्छा ठीक है, मौर्य काल के बाद जो घटना घटी थी, उसके बारे में, मैं तुम्हें बताता हूँ। यह कहानी मैंने अपने योग बल के माध्यम से जानी है, अब तुम जानो और विषकन्याओं के बारे में समझो।"

गुरु कृपादेव अपनी कहानी आरम्भ करते है।

एक बार एक राजकुमार मगध देश से भ्रमण करते हुए अपने गुरुओं से मिलने के लिए आया था। यह पूरा स्थान गुरु परम्परा के लिए विख्यात रहा है। यहाँ पर बड़े बड़े ऋषि मुनि संत हुए है। यहाँ आश्रम में जो भी आते थे वे सन्यास का धर्म अपनाते और अपने मृत्यु तक पर्वतीय स्थानो में साधना में लीन हो जाते थे। राजकुमार के ख़ानदान से कोई प्रसिद्द व्यक्ति यहाँ पर आए थे जो पहले राजा थे। राजकुमार जब यहाँ आया था तो वह एक ऋषि कन्या के ऊपर मोहित हो गया था।

कन्या की उम्र १६ वर्ष की थी जो आश्रम में इधर उधर घूमा करती थी राजकुमार को उसे देख बड़ी प्रसन्नता होती थी। एक बार उसने उस कन्या से बात करने की सोची और मौक़ा देखते ही उसे अपने दिल की बात कही की "मैंने जब से आपको देखा है, मुझे किसी भी चीज़ का होश नहीं, आपको देख मुझे बहुत ही प्रसन्नता होती है। आप जैसी खूबसूरत कन्या मैंने कभी नहीं देखी है। मैं आपसे विवाह करना चाहता हूँ। कृपया आप मेरा प्रस्ताव स्वीकार करे।"

इस प्रकार राजकुमार और उस ऋषि कन्या का गंधर्व विवाह हो गया।

अचानक से राजकुमार को विशेष काम आ गया और वह अपनी पत्नी की बात ना सोच उसे वहीं छोड़कर अपने राज्य चला गया। राजकुमार के इस व्यवहार से ऋषि कन्या बहुत दुखी हुई और उसे बहुत ग़ुस्सा भी आया। कुछ महीने बाद उसने एक कन्या को जन्म दिया, कन्या बहुत ही छोटी थी फिर भी ऋषि कन्या ने समाज के डर से उसे उसने झाड़ी के नीचे रख दिया और वहाँ से चली गयी, वह डर गयी थी समाज उसके बच्चे को नहीं अपनाएगा और उस पर कलंक लग जाएगा क्यूँकि राजकुमार से विवाह की बात किसी को ज्ञात नहीं थी। इस तरह उस बच्ची का कोई अस्तित्व ही नहीं था।

झाड़ी के नीचे पड़ी हुई बच्ची को एक विषकन्या ने उठाया। अब उस बच्ची का पालन विषकन्या करने लगी विषकन्या धीरे धीरे करके उसे अपनी शक्तियों विधाओं में पारंगत करने लगी। उस बच्ची को बचपन से ही ज़हर देकर के भोजन कराया जाता था। ज़हर की जितने भी प्रकार थे सभी को बच्ची को दिया जाता था। औषधियों का ज़हर, वनस्पतियों का ज़हर, जीवों का ज़हर जिसमें साँपो का ज़हर और बिच्छू इत्यादि बहुत से जीव शामिल थे। ज़हर का पान करते करते बच्ची जवान होने लगी। राजकुमार और ऋषि कन्या के मिलन से यह बच्ची उत्पन्न हुयी थी इसलिए बच्ची बहुत ही खूबसूरत थी। कन्या बड़ी होती गयी और १७ साल की हो गयी। वह विषकन्या को ही अपनी माँ समझती थी अत: उसने अपनी माँ विषकन्या से समस्त तंत्र शक्तियों का ज्ञान प्राप्त कर लिया था। धीरे धीरे उसने उस गोपनीय मंत्र को जान लिया था जिसके माध्यम से वह अपनी विष फुँकार को फेंक सकती थी। लगभग ३० फुट की दूरी तक किसी भी जीव जंतु मनुष्य यहाँ तक की देवताओं को बेहोश करने की क्षमता उसके अंदर आ गयी थी। वह इतनी ज़हरीली हो गयी थी की अपने सोच मात्रा से किसी को भी अपने वश में कर सकती थी। विषकन्या ने बच्ची का नाम माधवी रखा। माधवी अपनी विषकन्या माँ के साथ जंगल में रहती थी। माधवी की माँ विषकन्या बहुत ही बड़ी तांत्रिक थी आर वह हमेशा अपनी साधनाए किया करती थी। धीरे धीरे अपनी तांत्रिक साधनाओं को वह माधवी को देती जा रही थी।

एक दिन वही राजकुमार जो अब राजा ध्रुव के नाम से कृति के रूप में प्रसिध हो गया था। राजकुमार फिर से अपने ही वंश से मिलने उस जगह आया था।

राजकुमार ने जंगल के रास्ते माधवी की माँ विषकन्या को देखा उसने तो एक घोड़े को ही काट लिया था।

राजा ध्रुव दूर से खड़ा यह सब देख रहा था। उसे बहुत ग़ुस्सा आया और उसने धनुष बाण लेकर उस पर अपनी शक्ति का प्रयोग किया।

बाण सीधे जाके विषकन्या के दिल में जाकर लगा और विषकन्या उसी समय समाप्त हो गयी और उसी के साथ वह घोड़ा भी ग़ायब हो गया था। वह एक चमत्कारी घोड़ा था जिसको काटने के बाद उसमें शक्तियों का प्रवेश हो जाना था, वो कोई साधना थी जो वह कर रही थी जिसको गलती से राजा कृति ने कुछ और समझ कर उसपर तीर चला दिया जिससे उसकी मृत्यु हो गयी। जब उसे यह बात पता चली तो उसे बहुत दु:ख हुआ। विषकन्या के शरीर को वही छोड़कर राजा वहाँ से चले गए।

विषकन्या की पुत्री माधवी जो असल में राजा ध्रुव की बेटी थी, को अपने माँ की मृत्यु के बारे में पता चला तो उसके हृदय के समुद्र में बाढ़ की उत्पत्ति हो गयी। विषकन्या रूपी अपनी माँ को मृत देखकर वह काँप उठी, अपनी माँ की आँखो में देखकर उसने सारे रहस्य को जान लिया और उसे पता लग गया कि किस राजा ने यह सब किया है?माधवी ग़ुस्से में पागल हो गयी और राजा को मारने की प्रतिज्ञा ली। विषकन्या हो या नागिन हो, इनके पास इतनी तांत्रिक शक्तियाँ होती है और इनका क्रोध की अग्नि इतनी तेज होती है की सारी दुनिया को यह भस्म

करने की शक्ति रखती थी, विषकन्या या नागिन अपनी आँखो में कुछ समय के लिए अपने मरने वालों की तस्वीरें क़ैद कर लेती थी, ऐसे ही माधवी की माँ विषकन्या की आँखो में राजा कृति की तस्वीर क़ैद हो गयी थी।

लेकिन इससे पहले की वह राजा ध्रुव कृति के पास पहुँचे उसे एक बात याद आती है जो उसकी माँ ने उसे बतायी थी, माधवी की विषकन्या माँ ने कहा था कि यह स्थान विशेष रूप से नाग देवता के लिए है और यह नाग देवता लाटु देवता के नाम से जाने जाएँगे। अगर माधवी ने नाग देवता को प्रसन्न कर लिया तो उसे नाग देवता की सारी शक्तियाँ प्राप्त हो जाएँगी। और इन नाग शक्तियों को प्राप्त करने के बाद तुम्हें कोई नहीं हरा पाएगा। जिस कारण वह एक बहुत ही शक्तिशाली विषकन्या बन जाएगी। माधवी की विषकन्या माँ ने उससे कहा था "तुम्हारे पास विषकन्या की शक्ति है। लेकिन तंत्र की शक्ति और जादुई शक्तियाँ तुम्हारे पास नहीं है तो अगर ज़रूरत पड़े तो लाटु देवता की उपासना करना, (वही स्थान जो उत्तराखंड के चमोलि ज़िले में देवाल नाम के मंदिर के रूप में प्रसिध है)।"

माधवी ने ठीक उसी स्थान पर नागराज को प्रसन्न करने के लिए अर्थात् लाडो देवता को प्रसन्न करने के लिए वहाँ परसाधना करने की सोची। अपनी माँ की बतायी हुयी गोपनीय विध्या के द्वारा नाग देवता का गोपनीय मंत्र ......

ओम्! जूम नागदेवताय नम:

का उच्चारण करने लगी। माधवी उस सिद्ध स्थान पर पद्मासन मुद्रा में बैठकर साधना करने लगी। इस तरह कठिन परिश्रम कर माधवी की साधना शुरू हुयी और उस साधना में माधवी धीरे धीरे तीव्र होती गयी। वह घंटो बैठ मंत्रो का जाप करती थी। दिन, रात का उसे ज्ञान नहीं था वह अपनी साधना में इतनी मशरूफ थी कि उसे समय का पता ही नहीं चला। साधना करते हुए लगभग ४१ दिन बीत गए थे कि अचानक बड़ी ज़ोर से आँधी चलने लगी। ज़ोरों का तूफ़ान आ गया था। उसे आँधी का भी कोई डर नहीं था। आँधी के दौरान उसके ऊपर कई सारे पत्तों का ढेर बन गया, वह जगह और माधवी दोनो ही पूरी तरह से पत्तों से ढक गए थे। लेकिन माधवी अपनी जगह से हिली तक नहीं।

तभी तेज़ी से वहाँ पर प्रकाश उत्पन्न हुआ, उस तीव्र प्रकाश की किरणो ने पूरे क्षेत्र को घेर लिया। उस तीव्र प्रकाश की किरणो से पत्तों ने माधवी रूपी विषकन्या की रक्षा की और उस तीव्र रौशनी से माधवी की आँखें नहीं चौंधाई। वहाँ स्थित मणी की रौशनी इतनी तेज थी कि वहाँ पर जितने भी जीव जंतु थे वे सब मणी के प्रकाश से भयभीत और बेचैन होकर भागने लगे, थोड़ी ही देर में पूरा स्थान ख़ाली हो गया। अत्यधिक तीव्र रोशनी के कारण वहाँ जो भी गोपनीय शक्तियाँ थी वह सारी शक्तियाँ वह से ग़ायब होने लगी। कुछ ही समय बाद उस तीव्र रोशनी के बीच से नाग महाराज लाटु देवता प्रकट हो गए। नाग देवता ने देखा की उनकी तीव्र रोशनी का सामना करना किसी के बस में नहीं लेकिन उनके सामने एक लड़की बैठे तपस्या कर रही है और उसे किसी भी वस्तु का होश नहीं। माधवी की लगन और तपस्या को देख नाग देवता प्रसन्न हुए।

नगदेवता ने अपना नागराज रूप लिया, उन्होंने सात फ़न वाले स्वरूप को धारण किया और अपनी फुँकार से विषकन्या के ऊपर जितने भी पत्ते पड़े हुए थे सबको उड़ा दिया।

माधवी ने अपनी आँखे खोली किन्तु अपने सामने विशालकाय नाग को देखकर भयभीत हो गयी। लेकिन तभी उसे महसूस हुआ की जिनके लिए वह तपस्या कर रही थी वे उनके सामने है, यह निश्चित रूप से वही अदभुद शक्ति है। यह वही नाग देवता है जिनके बारे में उसकी विषकन्या माँ ने कहा था। यह कोई माया नहीं है सोच कर उसने हाथ जोड़कर नागराज को प्रणाम किया।

माधवी की तपस्या से प्रसन्न होकर नागदेवता मानव का रूप धारण करके उसके सामने प्रकट हुए। नागदेवता ने कहा "हे! विषकन्या तुम्हारी क्या इच्छा है।" नागदेवता की बात सुन कर माधवी ने कहा कि "हे! नागदेवता मुझे मेरी माँ के मौत का बदला चाहिए और साथ ही साथ मुझे ऐसी शक्तियों से सम्पन्न कीजिए कि कोई मेरा सामना ना कर सके। नागदेवता ने माधवी को प्रसन्न होकर उसे गोपनीय शक्ति प्रदान की, जिसमें वशीकरण की शक्ति और फुँकार की शक्ति को और अधिक तीव्र करना और किसी भी जीव को बेहोश करने की शक्ति, साथ ही साथ कई जादुई शक्ति विद्धमान थी।

नागदेवता ने माधवी से कहा "हे, विषकन्या, मैं तुम्हारे तपस्या से बहुत प्रसन्न हूँ इसलिए मैंने तुम्हारी मनचाही शक्तियाँ तुम्हें दी है, अब तुम विश्व की सबसे शक्तिशाली विषकन्या बन गयी हो, लेकिन तुम्हें मैं सचेत भी कर देना चाहता हूँ कि तुम्हें सावधान रहना होगा क्यूँकि तुम ग़लत दिशा में जा रही हो, जैसा तुम सोच रही हो वैसा कुछ भी नहीं है। मेरी कुछ मर्यादा है इसलिए मैं तुम्हें सारी बातें नहीं बता सकता।

नागदेवता की बातें सुनकर माधवी कहती है कि "हे नागदेवता मुझे आपका अनुसरण करके सारी शक्तियाँ प्राप्त हुई है। आपकी कृपा से मैं एक शक्तिशाली विषकन्या बन पायी हूँ लेकिन मुझे अभी किसी भी परिणाम से डर नहीं है मेरे अंदर बदले की आग जल रही है, जिस माँ ने मुझे पाला, पोसा, प्यार दिया उसे मैंने मरते हुए देखा है। और मुझे पता है कि उसके मौत का क्या कारण है?, और उसको किसने मारा है, मैं उस राजा को मारकर ही अपना बदला पूरा कर सकती हूँ।

मुझे तब तक चैन नहीं मिलेगा जब तक मैं उसके प्राण ना ले लू।

माधवी की बात सुन नागदेवता ने उससे कहा कि "हे! विषकन्या, मैं तुम्हारी आराधना व तपस्या से बहुत प्रसन्न हूँ, यह शक्तियाँ तुमने कठिन तपस्या करके हासिल की है लेकिन कभी कभी आँखो देखा सच नहीं होता। तुम राजा के बारे में जो सोच रही हो वो ठीक नहीं है, उस राजा से तुम्हारा कोई सम्बंध निकल सकता है। इसलिए तुम शांत रहना और हर एक तथ्य को समझना उसी के बाद कोई निर्णय लेना, अक्सर क्रोध में सही चीजें नज़र नहीं आती है।

माधवी क्रोध की अग्नि में अंधी और बहरी हो गयी थी कि उसे कुछ सही ग़लत ना दिख रहा था और ना ही किसी की बात सुनायी दे रही थी। क्रोधावेश में उसने राजा के साथ सम्बंध की बात नहीं सुनी और नागदेवता को प्रणाम करके और उनसे आज्ञा लेते हुए कहा कि वह अब उस नगर जाना चाहती है जहाँ राजा है जिससे वह राजा का वध कर सके। नागराज ने माधवी से कहा कि "वहाँ उस नगर में एक भयंकर तांत्रिक रहता है जो की राजा के संरक्षण में रहता है, तुम्हें उससे बचके रहना है। तुम्हें अगर कोई पराजित कर सकता है तो केवल वही है। वह बहुत बड़ा तांत्रिक है, उसने कई तरह की मायावी विद्धया हासिल की है। इनही सब वजह से तुम्हें उससे बच के रहना है। याद रखना कि वह तांत्रिक कोई साधारण तांत्रिक नहीं है, उसने बहुत गोपनीय से गोपनीय मायावी विद्या में पारंगता हासिल की है। और उसका नाम है भाल।

भाल से तुम्हें बच के रहना है, वह बहुत तेज है और साथ ही में बहुत बुद्धिमान भी है। जब तुम वहाँ जाओगी तो कोशिश करना की उससे तुम्हारा कम से कम सामना हो।"

"जैसी आपकी आज्ञा, अब मुझे आज्ञा दीजिए ताकि मैं नगर की ओर निकल सकूँ।"

नागदेव की आज्ञा लेकर माधवी वहाँ से निकल पड़ी। रास्ते में उसे विशेष प्रकार का घोड़ा मिला। वह उस घोड़े पर सवार हो गयी और तीव्र गति से नगर की तरफ़ दौड़ पड़ी २ दिन के सफ़र के बाद वह उस नगर में पहुँच गयी जहां पर राजा ध्रुव कृति रहा करते थे। लेकिन राजा ध्रुव तक कैसे पहुँचा जाए यह माधवी के लिए समस्या वाली स्तिथि थी। इस समस्या को सुलझाने के लिए उसने अपनी बुद्धि का इस्तेमाल किया।

माधवी ने कुछ खोज खबर की तो थोड़ी बहुत जानकारी उसने प्राप्त की। एक दिन उसने देखा कि नगर का सबसे बड़ा व्यापारी अपने सभी समान को घोड़े मे लादकर और आगे अपने घोड़े पर विराजमान होकर अपने पुत्र के साथ वहाँ उस जगह से निकल रहा था। तभी माधवी ने जंगल के शेर को सम्मोहित कर घोड़ों की तरफ़ दौड़ा दिया जिस कारण शेर घोड़ों की तरफ़ तेज़ी से दौड़ने लगे, शेरों को देखकर घोड़ों में खलबली मच गयी। खलबली के कारण घोड़े इधर उधर बिदकने लगे और उनके ऊपर रखा समान इधर उधर गिरने लगा।

घोड़ों में डर इतना बैठ गया कि वे अपने ही मालिकों को अपने ऊपर से गिराने लगे। थोड़ी देर में नगर के व्यापारी और उनके पुत्र दोनो ही ज़मीन पर गिर चुके थे। शेर उनको गिरा देख उनकी तरफ़ दौड़ते हुए आ रहा था। शेर लगभग उनको मार ही डालता की माधवी वहाँ प्रकट हो गयी, माधवी ने तेज़ी से जाकर शेर को अपने हाथों से रोक दिया। माधवी के रोकने पर शेर वही खड़ा हो गया। शेर दहाड़ता हुआ दूसरी दिशा की ओर मुड़ कर जंगल की तरफ़ चला गया। शेर के जाते ही विषकन्या माधवी बेहोश होकर ज़मीन पर गिर पड़ती है। माधवी की माया वहाँ सफल हो जाती है। माधवी के इस तरह ज़मीन पर बेहोश होके गिरने से व्यापारी को बड़ा ही अजीब सा लगता है। व्यापारी और उनका बेटा समझ नहीं पाते की आख़िर में कन्या के साथ क्या हुआ कि यह कन्या कौन है? कहाँ से आयी है?इसने ऐसा क्या किया की शेर उससे डर कर दूसरी दिशा में जंगल की तरफ़ भाग गया। क्या यह कोई तांत्रिक है?या इसके पास कोई जादुई शक्ति है?आख़िर यह सब क्या था?।

माधवी बेहोश होकर ज़मीन पर गिरी हुई थी तो उसे देखकर व्यापारी को अच्छा ना लगा जिस कारण उसने उपने पुत्र को कहा की "पुत्र इसे अपने साथ उठाकर ले चलो और हमारा सारा बिखरे हुए समान को सुरक्षित जगह भी पहुँचाना है। बाप बेटे दोनो की सहमिति से दोनो ने उस कन्या को अपने साथ ले लिया। नगर पहुँचते ही वे कन्या को अपने घर ले गए और उसे बिस्तर पर लिटाया गया फिर उसके ऊपर जल छिड़का गया। जल के छिड़कते ही माधवी को होश आ गया।

होश में आते ही माधवी ने पूछा कि "आप लोग कौन है।" माधवी की बात सुनकर व्यापारी उससे पूछता है "बेटी! तुम बताओ कि तुम कौन हो ?मैं यहाँ का सबसे बड़ा व्यापारी हूँ और यह मेरा पुत्र है। हमने तुम्हें जंगल में देखा था। जब हम जंगल के रास्ते नगर की तरफ़ आ रहे थे और तभी एक शेर ने हम पर हमला कर दिया और फिर तुम वहां आयी और शेर को अपने हाथ से रोककर वहीं पर बेहोश होकर गिर पड़ी। हमें कुछ समझ नहीं आया, तुमने कैसे शेर को रोका! तुम कैसे बेहोश हो गयी ? उनकी बात सुनकर माधवी कहती है "मुझे शेर को रोकने का मंत्र आता है और उसी कारण मेरी सारी सारी ऊर्जा नष्ट हो गयी है इसलिए मैं बेहोश होकर गिर पड़ी। यह विद्धया मुझे मेरे पिताजी ने सिखायी थी।" माधवी की बातों को सच मानकर व्यापारी और उनके पुत्र माधवी की सेवा सत्कार में जूट गए। माधवी वही उनके साथ रहने लगी।

दो दिन बाद नगर में उत्सव था। माधवी ने व्यापारी से कहा की "मेरा इस दुनिया में कोई नहीं है। सभी अपने परिवार के साथ उत्सव मनाएँगे।" माधवी का उदास चेहरा देख व्यापारी उससे बोलता है कि "बेटी! तुमने हमारी बहुत बड़ी धनराशि और सामान की रक्षा की है इसलिए तुम हमारी मेहमान बनकर रह सकती हो और तुम्हारा जब तक मन करे तब तक तुम यहाँ रह सकती हो।"

व्यापारी की बात सुनकर माधवी व्यापारी की पुत्र की तरफ़ देखकर मुस्कुराने लगी। धीरे धीरे व्यापारी के पुत्र और माधवी के बीच प्रेमपूर्वक वार्तालाप होने लगा जो धीरे धीरे प्रेम में परिवर्तित होने लगा। माधवी की सुंदरता की ओर व्यापारी का पुत्र आकर्षित होने लगा। माधवी को इस बात का अंदेशा था कि व्यापारी का पुत्र उसकी तरफ़ आकर्षित हो रहा है। लेकिन व्यापारी के पुत्र को कोई अंदेशा नहीं था कि वो एक विषकन्या के प्रेम में डूबा जा रहा है, उसे सत्य में ही माधवी से प्रेम होने लगा था। नगर में उत्सव का माहोल था तो व्यापारी के पुत्र ने माधवी से कहा कि "चलो, माधवी मैं तुम्हें नगर का उत्सव दिखाता हूँ। वहाँ कई लोग आएँगे।" माधवी तभी पूछती है कि "क्या राजा भी आएँगे।" व्यापारी का पुत्र तब हंसते हुए कहता है कि "हाँ! हाँ! क्यूँ नहीं ? वहाँ सब लोग आएँगे तो राजा भी अवश्य आएँगे तो तुम तब उसे देख लेना।" यह सब बात सुनकर माधवी बहुत खुश हो गयी एवं व्यापारी के पुत्र को कहने लगी "जी, मैं ज़रूर चलूँगी आपके साथ नगर का उत्सव देखने और नगर उत्सव में मैं अपना प्रदर्शन करूँगी।"

माधवी की बात सुन व्यापारी का पुत्र उससे पूछता है कि "आप ऐसा क्या करेंगी।" माधवी उत्तर देती है "आप चलिए, समय आने पर आपको पता चल जाएगा कि मैं क्या करने वाली हूँ ? मैं आपको वही चलके दिखाऊँगी।"

दो दिन बाद होने वाले उस भव्य उत्सव में जहाँ पूरा नगर सजा धजा हुआ था वहीं पर राजा मुख्य मंच पर बैठा हुआ था। और सामने बहुत बड़ा अहाता बना हुआ था। उस अहाते में कई लोग अपनी अपनी क्रियाओं को प्रदर्शित कर रहे थे। उन्ही लोगों के बीच माधवी भी वहाँ पर नृत्य करने लगी। माधवी ने इतना सुंदर नृत्य किया कि वहाँ पर उपस्थित सभी लोग उसे देखते हुए आश्चर्यचकित होने लगे। माधवी की नृत्य कला का सभी आनंद उठने लगे। माधवी ने अपनी वशीकरण शक्ति का प्रयोग लाटु देवता के नाम से किया जिसके कारण प्रत्येक नगरवासी उसकी तरफ़ आकर्षित होने लगा। सभी उसके नृत्य की अप्सरा के नृत्य से तुलना कर रहे थे। उन्हें लग रहा था कि वे किसी अप्सरा का नृत्य देख रहे है। नगरवासियों को लग रहा था कि कोई अप्सरा धरती पर उतरकर नृत्य कर रही है।

माधवी नृत्य करती जा रही थी और सभी नगर वासी उसके ऊपर मोहित होते जा रहे थे यहाँ तक कि राजा भी उसके ऊपर पूरी तरह से मोहित हो चुका था। राजा उसपर इतना मोहित हो गया था कि नृत्य को बीच में ही रोककर उसने अपने कर्मचारियों को आदेश दिया कि “इस कन्या को मेरे भवन में भेजो।”

कर्मचारी जब जाके राजा का आदेश माधवी को सुनाते है तो माधवी को तो इस क्षण का इंतेज़ार था तो उसने कर्मचारियों को मुस्कुराते हुए बोला “हाँ, हाँ, क्यूँ नहीं? राजा ने अगर बुलाया है तो मैं अवश्य ही जाऊँगी।” यह कहते कहते माधवी ने अपने मन में बहुत कुछ सोच लिया था।

राजमहल के द्वार में एक जादुई नेवला रखा हुआ था। वह नेवला आने वाली बुरी शक्तियों को भाँप जाता था। माधवी जब महल के द्वार पहुँची तो वह नेवला तीव्रता से आकर के माधवी के पैर में काट खाया।

माधवी दर्द से तिलमिला उठी और बहुत ही क्रोध से भरे हुए उस नेवले पर अपनी विष फुँकार का प्रयोग कर दिया और करती रही और तब तक करती रही जब तक वह नेवला बेहोश होकर नहीं गिर गया। लंगड़ाते हुए माधवी दरवाज़े की तरफ़ बढ़ी जहां राजा था। राजा जब उसे देखता है तो बड़े ही प्रेम से उसे बुलाता है लेकिन माधवी के पैर पर लगे चोट को देखकर हैरान हो जाता है और माधवी से पूछता है कि “हे कन्या, क्या हुआ तुम्हारे पैर में? तुम इतनी परेशान क्यू लग रही हो?तुम्हारे पैर में यह समस्या कहाँ से आ गयी।

माधवी तब राजा से कहती है “महाराज, मेरे साथ कुछ अजीब सा ही हुआ है जिसके कारण मुझे चोट लग गयी है, बहुत दर्द हो रहा है।”

माधवी को देखकर राजा को उसके ऊपर दया आ गयी। राजा ने तभी अपने वैद्य को बुलाकर उसे माधवी का इलाज करने को कहता है।

माधवी राजा की बात सुनकर इलाज करने से मना कर देती है। माधवी राजा से कहती है “महाराज, मेरी एक इच्छा आप अगर पूरी कर दे तो मैं आपकी बहुत आभारी रहूँगी।” राजा ध्रुव कृति माधवी से पूछते है कि “क्या इच्छा है तुम्हारी?।”

माधवी राजा से कहती है "महाराज, मैं आपके हाथों को चूमना चाहती हूँ।" महाराज माधवी की बात सुनकर प्रसन्न हो जाते है तब उससे पूछते है कि "भला मेरे हाथों को चूमकर तुम्हें क्या हासिल होगा ?।"

माधवी मुस्कुराते हुए उत्तर देती है कि "जी! मेरी बचपन से इच्छा थी कि मैं राजा को स्वयं अपने हाथों से छू कर देखूँ और उनके हाथों की उँगलियो का स्पर्श पाऊँ, मैं उन उँगलियो को चूमू जो इस पूरे राज्य को बनाते है। पूरे राज्य का कार्य भार सम्भालते है। वह हाथ ज़रूर ही अदभुत होंगे।"

माधवी की प्यारी प्यारी बात सुनकर राजा ध्रुव मोहित व प्रसन्न हो जाते है तब वह माधवी से कहते है कि अवश्य तुम ऐसा कर सकती हो।

राजा की बात सुनकर माधवी बहुत खुश हो जाती है और सोचती है कि अब उसका कार्य हो जाएगा, जिस कारण वो यहाँ आयी है वह अब सफल हो जाएगा क्यूँकि अगर उसने राजा ध्रुव को चूम लिया तो उसका विष राजा के अंदर प्रवेश कर जाएगा और उसके विषैले चुम्बन के कारण राजा की मौत हो जाएगी और इस तरह राजा के मौत के साथ उसका प्रतिशोध पूरा हो जाएगा और उसके माँ की आत्मा को शांति मिलेगी अर्थात माधवी अपने माँ की मौत का बदला राजा से ले लेगी। माधवी सोचती है और बहुत खुश होती है। तभी राजा की आवाज़ से उसका ध्यान टूटता है राजा बोलते है "क्या हुआ सुंदरी ? तुम किस सोच में पड़ गयी ? तुम तो मेरा हाथ चूमना चाहती थी। आओ मेरे पास आओ।"

माधवी थोड़ा शर्माने का नाटक करती है और धीरे धीरे राजा के पास जाने के लिए आगे बड़ती है। जैसे ही वह राजा के क़रीब जाती है राजा उसे अपने सीने से लगा लेता है। माधवी मौक़ा देखते ही राजा के हाथों को अपने हाथों में लेती है और उनकी उँगलियो को अपने ओंठो तक धीरे धीरे ले जाके चूम लेती है, चूमने के पश्चात माधवी राजा से थोड़ा वार्तालाप करके वहाँ से प्रस्थान कर लेती है। माधवी को विश्वास था कि उसका विष धीरे धीरे राजा के पूरे शरीर में फैलने लगेगा और जब पूरे शरीर में विष फैल जाएगा तब राजा की मृत्यु निश्चित है क्यूँकि माधवी को विश्वास था कि उसके ज़हर की काट उसके सिवाय किसी के पास नहीं है।

माधवी राजमहल से निकलकर व्यापारी के घर पर पहुँचती है। घर पर व्यापारी का पुत्र था। व्यापारी का पुत्र माधवी को देखकर बहुत खुश हो जाता है और माधवी को देखकर मुस्कुराता है। व्यापारी का पुत्र माधवी के क़रीब जाता है और उसे छूने की कोशिश करता है। व्यापारी के पुत्र के बड़ते हुए हाथ को माधवी रोकते हुए कहती है कि "जी! मुझे छुइये मत। मैं एक पवित्र स्त्री हूँ और मेरी इच्छा है कि जब तक मेरा विवाह न हो जाए तब तक कोई पुरुष मुझे ना छुए।"

माधवी की बात सुन व्यापारी का पुत्र प्रभावित हो जाता है और उससे कहता है "तुम एक अदभुत स्त्री हो, आज के युग में ऐसी सोच रखने वाले स्त्री का मिलना नामुमकिन है। जो अपने शरीर को किसी पराये पुरुष को ना छूने दे।" माधवी कहती है "मैंने प्रतिज्ञा ली है की मेरे शरीर को सिर्फ़ मेरा पति ही छू सकता है और संसार का कोई अन्य पुरुष मुझे नहीं छू सकता है।"

माधवी की प्रतिज्ञा की इज़्ज़त रखते हुए व्यापारी का पुत्र उसे नहीं छूता है। और माधवी को उसके कमरे तक छोड़ आता है और सोचता है माधवी जैसी पवित्र नारी से उसे प्रेम हुआ है। काफ़ी रात हो गयी थी इसलिए सभी अपने कमरे में सोने चले जाते है। माधवी को अच्छी नींद आने वाली थी क्यूँकि उसका सपना जो पूरा होने वाला था।

माधवी जब सुबह नींद से उठती है तब वह स्वयं अपने आप से कहती है कि ज़रूर कोई अच्छी खबर उसे सुनने को मिलेगी। यही सोचते सोचते वह व्यापारी के पुत्र के पास जाती है और उससे कहती है कि "अगर नगर से कोई समाचार आये तो मुझे आकर अवश्य बोलना।"

कोई खबर ना पाकर माधवी थोड़ा आश्चर्य चकित हो जाती है और सोचती है कि अगर राजा ध्रुव कृति की मृत्यु हो गयी है तो अभी तक नगर में शोर शराबा क्यूँ नहीं मचा है। माधवी व्यापारी के पुत्र के पास जाकर कहती है "नगर से कोई समाचार आया है? कुछ भी समाचार नहीं आया?"

माधवी की उत्सुकता देखकर व्यापारी का पुत्र उससे पूछता है "क्या बात है? कल से तुम बहुत उत्सुक हो, ओह! अच्छा कल तो तुम राजा के पास गयी थी, उनकी खबर जानना चाहती हो कि क्या वे तुम्हें दोबारा बुलाएँगे की नहीं। तो तुम्हारे लिए अच्छी खबर है की राजमहल से संदेश आया है कि आज राज्य भोज में राजा ने तुमको बुलाया है।"व्यापारी के पुत्र की बात सुनकर माधवी चौंक जाती है क्यूँकि उसे अच्छी तरह से याद था कि उसने अच्छी तरह से राजा की उँगलियो को चूमा था और उसके चूमने के कुछ समय पश्चात राजा की मृत्यु हो जानी चाहिए थी। क्यूँकि माधवी के पास विष के साथ साथ शक्ति शाली तांत्रिक शक्तियाँ भी मौजूद है फिर राजा ध्रुव कैसे बच गया?

माधवी को विश्वास ही नहीं हो रहा था की ऐसा कैसे हो सकता है? यह कैसे संभव है?माधवी को विश्वास ही नहीं हो रहा था यह तभी सम्भव होता अगर यह कारण होता लेकिन माधवी इस बात पर विश्वास नहीं करना चाह रही थी।

दूसरी तरफ़ नेवला जब उसी अचेत अवस्था में उठा और उसी घायल अवस्था में नेवला जंगल की तरफ़ चला जाता है और एक कुटिया की तरफ़ बढ़ता है जो कि भीषण जंगल में मौजूद थी। उस गहरे जंगल के बीचों बीच मौजूद थी। कुटिया के सामने जाकर वह नेवला अपनी आवाज़ में चीख पुकार करता है। कुटिया के अंदर तांत्रिक था जिसका नाम भाल था। तांत्रिक नेवले की आवाज़ सुनता है और उसे अंदर आने के लिए आदेश देते हुए कहता है कि "अंदर आ जाओ।" नेवला जो तांत्रिक की शक्तियों से बना हुआ था, तांत्रिक के सामने जाता है और उसके सामने जाकर वह बेहोश होकर गिर पड़ता है।

नेवले की ऐसी हालत देखकर, उसे डसा हुआ देखकर तांत्रिक बहुत आश्चर्यचकित हो उठता है। उसे यक़ीन नहीं हो रहा था कि उसके रहते नेवले की हालत ऐसी हो सकती है। नेवले की हालत बहुत बुरी थी, तांत्रिक को बहुत क्रोध आता है और क्रोधित अवस्था वह कहता है "संसार में मेरे तंत्र से बने नेवले को कोई नुक़सान नहीं पहुँचा सकता।

यह कार्य कोई नागिन ही कर सकती है या कोई विषकन्या या फिर यह किसी नाग शक्ति का ही काम हो सकता है, आख़िर यह कौन सी शक्ति है जिसने तंत्र विध्या से तैयार इस नेवले को घायल कर दिया।"

तांत्रिक भाल ने उस नेवले को बड़े ही गौर से देखा तो पाया कि नेवले के दांतों और नाखूनों में खून लगा हुआ है। तांत्रिक अपने हाथों में उस खून को मसलता है और आँखे बंद करके अपने तांत्रिक मंत्रो को पड़ता है तो उसे साफ़ साफ़ माधवी का चेहरा नज़र आता है, माधवी का चेहरा नज़र आते ही उसे माधवी के लक्ष्य के बारे में पता चल चल गया। भाल क्रोधित होकर अपने आँखो को खोलता है और बोलता है कि "विषकन्या नगर में प्रवेश कर गयी है। विषकन्या का लक्ष्य है राजा ध्रुव कृति को मारना, वह राजा को मरने यह इस नगर में आयी है।"

तांत्रिक अपने मंत्रो के फूंक से नेवले को उठाने की कोशिश करता है। नेवले को जीवित करने के लिए उसे पौराणिक सर्प ज़हर नाशक मंत्र का प्रयोग करना पड़ता है। वह उस मंत्र को अभिमंत्रित करके अपनी कपालकुंडला शक्ति से उसे जागृत करता है। तांत्रिक अपने मन में मंत्रो को बोलके मंत्रो को अभिमंत्रित करके उस पर फुँकता है। ऐसा करने से नेवला जीवित हो जाता है। तांत्रिक भाल उस नेवले को कई अद्भुत् शक्तियाँ प्रदान करता है।

नेवला मंत्रो के कारण थोड़ा स्वस्थ होता है तब व तांत्रिक से कहता है कि "मैं इस रूप में उसका सामना नहीं कर सकता हूँ, मुझे आप और शक्तियाँ प्रदान कीजिए। तांत्रिक भाल नेवले को एक स्त्री के रूप में ढाल देते है। नेवला एक सुंदर स्त्री के रूप में परिवर्तित हो जाता है। अब नेवला माधवी की तरह सुंदर स्त्री का रूप धारण करता है। भाल अपने इस खूबसूरत निर्माण से बहुत खुश होता है। भाल उसे दिव्य रूपवती विध्या प्रदान करता है। रूपवती विध्या से जब चाहे वह अपना रूप बदल सकती थी। अब वह नेवला अद्भुत् रूप और सौंदर्य का मलिक बन जाता है।

नेवला अब सुंदर स्त्री का रूप धारण कर नगर में प्रवेश करता है। भाल को समझ में नहीं आ रहा था कि आख़िर क्यूँ माधवी राजा ध्रुव कृति को मारना चाहती है ?यह बात भाल के समझ के परे थी। और बाहर से आयी हुई विषकन्या क्यू भले भाल की दुश्मन बन बैठी। क्यूँ यह राजा ध्रुव को मारना चाहती है। भाल तंत्र विध्या से पता करने की कोशिश करता है। लेकिन वह असफल रहता है उसे कुछ पता नहीं चलता। जब उसे उसके सवालों का जवाब नहीं मिलता तो वह राजा के पास जाने का निर्णय करता है, भाल तांत्रिक राजा ध्रुव के पास पहुँचता है और उससे कहता है "महाराज मुझे आपके जान के ऊपर ख़तरा नज़र आ रहा है।" भाल की बात सुन राजा उससे कहता है "भाल तुम तो मेरे बचपन के मित्र हो और तुम मेरी रक्षा तंत्र विध्या के माध्यम से करते आ रहे हो। बताओ क्या कारण है ?।" राजा की बात सुनकर भाल एक बड़े से बर्तन में जल मँगवाता है और उस पर वह जल विध्या करके देखता है तो उसमें एक स्त्री दिखायी पड़ती है जिसे देखकर राजा ध्रुव अपनी जगह से उछल पड़ते है।

स्त्री का चेहरा देख राजा कहते है "यह तो मेरी पत्नी है। वह अपनी पत्नी को याद करता है वह सारी पुरानी बातों को याद करता है कि वो किस तरह उस ऋषि कन्या से मिला था और दोनो एक दूसरे के प्रेम में डूब गए थे फिर दोनो ने गंधर्व विवाह कर लिया था और किसी कार्यवश उसे उस कन्या को छोड़कर नगर लौटना पड़ा था। नगर लौट ते ही मैं उसके बारे भूल कैसे गया ?अब वो स्त्री कहाँ है ? राजा भाल से कहते है "कुछ भी करो उस स्त्री को खोजो, उसका पता लगाओ वह कहाँ है ?" भाल भी सोच में पड़ जाता है कि यह कौन सी स्त्री है। यह तो वो स्त्री नहीं है जिसे उसने अपनी कुटिया में नेवले के दांतों में लगे हुए खून पर मंत्र फूंक कर देखा था। वह सोच में पड़ गया राजा जिस स्त्री के बारे में बोल रहे थे अभी तो उसकी उमर ४५ से ४६ तो हो गयी होगी लेकिन वह लड़की तो १८ के आसपास की थी। भाल को कुछ समझ नहीं आ रहा था तो उसने तंत्र विध्या से राजा जिसे अपनी पत्नी कह रहे थे, उसे खोजने की कोशिश की कि वह स्त्री अभी कहाँ है ?तो वह देखता है कि वह हिमालय के किसी कंदरा में तपस्या कर रही है।

भाल उस स्त्री को देखकर सोचता है और मन ही मन कहता है कि "मुझे अपनी तंत्र विद्धया को वहाँ भेजना पड़ेगा।" भाल अपनी तंत्र विद्धया से गुप्त नोका विद्धया का उपयोग करता है जो की एक विशेष प्रकार की चिड़िया में परिवर्तित हो जाती है। भाल उस चिड़िया को तपस्या कर रही स्त्री के पास भेजता है। चिड़िया जाकर स्त्री के सामने बैठ जाती है। चिड़िया तपस्या करती हुई स्त्री को कहती है "मैं आपकी तपस्या काफी समय से देख रही हूँ, आपके पति कहाँ है" ?चिड़िया की बात सुनकर स्त्री बहुत क्रोधित हो जाती है और कहती है "वो जो मुझे छोड़ कर चला गया है, मुझे गर्भवती बना कर चला गया है और जिसकी वजह से मैंने अपनी नवजात शिशु कन्या को जंगल में छोड़ दिया मैं उस व्यक्ति से बहुत ही रुष्ट हूँ। मैं उसका वध कर देना चाहती हूँ। मुझे उसकी याद मत दिलाओ।"

स्त्री की बात सुनकर चिड़िया उससे कहती है कि"आपको तांत्रिक भाल से मिलने जाना चाहिए, वही आपके कष्टों का समाधान कर सकते है।" चिड़िया की बात सुन वह स्त्री इतनी प्रभावित होती है की वह अपनी तपस्या छोड़कर भाल से मिलने चली जाती है। काफ़ी दूर तक चलने से वह स्त्री थक जाती है। वह नगर पहुँचती है और वहाँ जाकर थोड़ा आराम करती है विश्राम करने के बाद चिड़िया उसे फिर से दिखती है। चिड़िया उसे भाल के कुटिया तक ले जाती है। कुटिया पहुँचते पहुँचते शाम हो जाती है। भाल कुटिया के अंदर बैठे चिड़िया के माध्यम से सारी बातें जान रहा था। वह स्त्री जैसे ही भाल की कुटिया के पास आती है भाल उसे अंदर बुलाता है और कहता है "आइए महारानी, आपका स्वागत है।" भाल की बात सुनकर वह आश्चर्य चकित हो जाती है और उससे कहती है "मैं कहां की महारानी हूँ ?मैं तो एक साधारण सी स्त्री हूँ।" भाल उस स्त्री की बात सुनकर कहता है कि "महारानी, आप कोई साधारण स्त्री नहीं है। आप राजा की पत्नी है। उस राजा की जिसने आपको छोड़ दिया था।"

भाल तांत्रिक की बात सुनकर वह स्त्री बहुत ही क्रोधित हो जाती है और कहती है कि "मैं उस निर्दयी, निर्लज्ज इंसान के बारे में कोई बात नहीं करना चाहती हूँ, जो मुझे गर्भवती करके मुझे छोड़कर चला गया था। मैं चाहती हूँ कि उसे बहुत बड़ा दंड मिले।"

भाल उसकी बात सुन उसे कहता है कि"उसी के लिए तो मैंने आपको बुलाया है, मैं आपका साथ दूँगा। बस शर्त यह है कि आप मुझे राजा ध्रुव कृति को मारने के पश्चात इस राज्य का सेनापति बनाने का वादा करे।" भाल की बात सुन स्त्री उससे कहती है कि "ठीक है, तुम जैसा चाहते हो वैसा ही होगा।"

अब दोनो भाल तांत्रिक तथा माधवी की असली माँ एकसाथ मिल चुके थे। अब भाल का यही मक़सद था कि वह किसी तरह इस स्त्री का राजा के साथ विवाह कराना और राजा का वध कराना था।

अगले दिन सुबह भाल तांत्रिक माधवी की माँ को लेकर राजा के महल राजा के पास पहुँच जाता है और माधवी की माँ राजा की पत्नी को राजा के सामने खड़ा कर देता है। राजा ध्रुव अपनी पत्नी को सामने पाकर बहुत खुश होते है और उसे गले लगा लेते है। भाल और स्त्री की आपसी चाले एक बार फिर से कामयाब हो जाती है। राजा नगर में ऐलान कर देता है कि वो इस स्त्री से विवाह करने जा रहा है। खबर जब माधवी तक पहुँचती है तब वो सोचती है की यह किस तरह का राजा है जो इस बुड़ापे में भी विवाह का शौक़ रखता है वो भी किसी बूढ़ी स्त्री से। माधवी को कुछ समझ में नहीं आ रहा था। तभी माधवी अपने नागदेवता लाटु देव को अर्थात नागराज को याद करती है और उनसे पूछती है की क्या सत्य है?तो उसकी प्रार्थना सुन नागदेवता बोलते है "तुम्हारे काँटने से और चूमने से जो नहीं मरेगा वो दो ही लोग होंगे एक जब तक की तुम विवाहित नहीं हो तब तक तुम्हारे माता और पिता और तुम्हारे विवाह के बाद तुम्हारा पति। वह भी अगर तांत्रिक शक्तियों से सम्पन्न हो गया तो अन्यथा तुम्हारा पति भी मृत्यु को प्राप्त हो जाएगा। इस प्रकार केवल तीन ही व्यक्ति ऐसे है जो तुम्हारे ज़हर को सह सकते है। अगर उनके पास आध्यात्मिक शक्ति होगी तो ठीक है अन्यथा किसी के पास यह शक्ति नहीं हो सकती।"

भाल की बात सुन माधवी को आश्चर्य होता है आर वह अपनी माँ के बारे में सोचकर बहुत दुखी होती है। नागराज माधवी से कहते है कि तुम्हारी असली माँ वो नहीं जिसने तुम्हें पाला है, तुम्हारी माँ कोई और है और तुम्हारी माँ वो है जिसके साथ राजा ध्रुव का विवाह होने जा रहा है।" नागदेवता की बात सुन माधवी हैरान हो जाती है, उसे कुछ भी समझ नहीं आ रहा था। माधवी को बड़ा क्रोध आ रहा रहा था और वह कहती है की किसी भी हालत में वह अब राजा ध्रुव को जीवित नहीं छोड़ेगी। क्यूँकि वह उसकी माँ में साथ विवाह करने जा रहा है। और यह कौन सा राज़ है जो राजा उसके चूमने से नहीं मरा। तो नागराज कहते है "इस बात का तुम स्वयं पता लगाओ।"

एक बड़ा सवाल माधवी के सामने आके खड़ा हो गया। माधवी के मन में यह बात हलचल कर रही थी कि कही राजा ध्रुव कृति उसका पिता तो नहीं है। लेकिन वह बार बार यह भी सोच रही थी कि वह उसका पिता कैसे हो सकता है? अगर वह उसका पिता है तो अब उसकी माँ के साथ विवाह क्यूँ कर रहा है क्युकी उसका विवाह तो पहले ही हो जाना चाहिए, और अगर पहले विवाह हुआ होता तो वह पहले ही पैदा हो चुकी होगी। वह इस तरह के भिन्न भिन्न भावनाओं से

विचलित होकर इधर उधर टहल रही थी। माधवी को कुछ समझ नहीं आ रहा था कि क्या हो रहा है?। नागराज उसे किस तरफ़ संकेत दे रहे है। उसे क्या बताने की कोशिश कर रहे है। राजा जिस स्त्री से विवाह करने जा रहा है वह उसकी जन्मदात्री है और जिसने उसे पाला, पोसा माँ का प्यार दिया वह उसकी माँ ही नहीं है। नागराज तो माधवी के अंतर्मन्न में उथल पुथल मचाकर चले गए थे। माधवी विभिन्न प्रकार के सवालों से परेशान होकर वह उद्धान भवन में टहल रही थी। माधवी के टहलने को देखकर व्यापारी का पुत्र उसके सामने आ गया और उससे प्रेमपूर्वक वार्तालाप करने लगा।

माधवी व्यापारी के पुत्र के आँखो में अपने लिए प्रेम देख सकती थी। वह व्यापारी के पुत्र को देख रही थी और सोच रही थी की यह बेचारा व्यापारी का पुत्र कैसे और किस तरह आकर्षित हो चुका है। जबकि अगर इसने मेरे से विवाह किया या मैंने इसके प्रेम प्रसंग को स्वीकार किया तो मेरे चुम्बन मात्र से मर जाएगा। मैं पूरी एक विषकन्या हूँ, मेरे अंदर ज़हर भरा हुआ है और देवकृपा के कारण, नागदेव की शक्ति के कारण कोई भी पुरुष मेरे सामने टिक नहीं सकता। इनही सब सोच के कारण माधवी व्यापारी के पुत्र को अनदेखा कर रही थी लेकिन वह तो माधवी के प्यार में डूबा हुआ था। माधवी उसे अपना शरीर छूने नहीं देती थी। माधवी ने उससे पहले कह रखा था की शादी से पहले कोई पुरुष उसके शरीर को छू नहीं सकता। और इस बात के लिए उसने प्रतिज्ञा भी ले रखी है। माधवी अपने मक़सद के रास्ते में किसी को नहीं आने देना चाहती थी। माधवी इनही सब ख़्यालों से खोयी हुई रहती है और व्यापारी का पुत्र अपने ख़्यालों में खोया हुआ रहता है। दोनो काफ़ी देर तक वन में टहलते रहे तो कुछ ही देर बाद माधवी ने कहा कि वह अब नगर में जाना चाहती है।

माधवी व्यापारी पुत्र से कहती है कि "मेरी इच्छा है कि मैं राजा ध्रुव की शादी देखूँ।"

माधवी की बात सुन व्यापारी का पुत्र कहता है कि ठीक हैं वह उसे वहाँ ले चलेगा लेकिन वह भी उसके साथ जाएगा। क्यूँकि वह भी राजा ध्रुव कृति का विवाह देखना चाहता है। उसको भी यह जिज्ञासा थी कि आख़िर में वो कौन हैं जिसके साथ राजा इस उमर में विवाह करने की इच्छा रखता है। इतना सोचते सोचते दोनो वहाँ से निकल कर नगर की तरफ़ बड़े।

माधवी जैसे ही नगर के क़रीब पहुँची, सुंदर स्त्री का रूप धारण किए हुए नेवले को पता चल गया। नेवला तुरंत ही भाल तांत्रिक के सामने जाकर प्रकट हो गया और उसने भाल तांत्रिक को बताया कि "मुझे आभास हो रहा है कि वह विषकन्या मेरे नज़दीक आ रही है।" भाल जब यह बात सुनता है तो कहता है "ठीक है, हमें उसके साथ लड़ने के लिए तैयार हो जाना चाहिए।"

भाल ने नगर द्वार में जिस स्थान पर माधवी प्रवेश कर सकती थी, उस स्थान पर अपनी दैवीय शक्तियों को बैठा दिया। इस प्रकार से वहाँ पर दो अन्य शक्तियाँ स्थापित कर दी गयी।

माधवी जैसे ही नगर द्वार के नज़दीक पहुँची, नागदेव की कृपा से उसे अहसास हुआ कि मार्ग पर कोई ना कोई ज़रूर बैठा हुआ है। माधवी अपनी शक्ति के माध्यम से पता कर लेती है कि मार्ग में कोई ना कोई बाधा है इसलिए वह शक्तियों का प्रयोग करके दूसरे रास्ते से रस्सी के माध्यम से

फाँदते हुए अलग स्थान पर पहुँच जाती है। तब वह पीछे मुड़कर देखती है व्यापारी का पुत्र चला आ रहा था उसे कुछ समझ में नहीं आ रहा था कुछ ही समय पहले माधवी उसके साथ थी लेकिन अब नहीं है। माधवी दूर से उसे देख रही थी और इधर व्यापारी का पुत्र उसे इधर उधर खोज रहा था लेकिन वह उसे कहीं नहीं मिली। काफ़ी देर खोजने के बाद उसे लगा कि शायद माधवी पहले ही जल्दी जल्दी नगर में चली गयी होगी और भीड़ - भाड़ की वजह से वह उसे देख नहीं पा रहा होगा। यही सोच व्यापारी का पुत्र नगर की ओर बढ़ने लगा, वह उस तरफ़ प्रस्थान कर जाता है जहां राजा ध्रुव की शादी होने वाली थी। एक बड़ा सा मंडप नगर के बीच बनाया गया था। वहाँ पर राजा ध्रुव ने उद्घोष किया था कि वे अपनी पुरानी प्रेमिका से विवाह करना चाहते है।

लोगों में इस बात की हलचल थी कि कौन है वह स्त्री जो राजा ध्रुव कीर्ति के साथ विवाह करने जा रही है। कुछ देर बाद वह स्त्री बाहर आती है और सभी नगर निवासी उसकी जय-जयकार करते है। भाल तांत्रिक उसके साथ खड़ा हुआ रहता है। भाल उस स्त्री के कान में जाकर कुछ कहता है "देवी, याद रखिएगा विवाह के तुरंत बाद हमने जो निर्णय लिया था उसका आपको पालन करना है।" भाल की बात सुन वह हंस कर हामी भर कर हाँ बोलती है और इस प्रकार राजा तथा उस स्त्री का विवाह सम्पन्न होने लगता है। माधवी दूर खड़े होकर विवाह को होते हुए देखती है और जब वह उस स्त्री को देखती है तो उसे अपना ही स्वरूप नज़र आता है। उसका रूप स्वरूप चेहरा काफ़ी मिलता जुलता था। माधवी मन ही मन कहती कि मेरी माँ एक ऐसे राजा के साथ विवाह कर रही है जो कि मेरी पालनकर्ता का हत्यारा है। मैं क्या करूँ ? मैं कुछ भी तो नहीं कर सकती। अब वह स्त्री राजा की पत्नी बन चुकी थी। विवाह के बाद दोनो महल में प्रवेश कर जाते है।

बधाईयों का ताँता लग जाता है। लोग उन्हें बधाइयाँ दे देकर वहाँ से जाने लगते है। इसी बीच माधवी भी भीड़ में शामिल होने की कोशिश करती है और भीड़ में घुसकर राजा को बधाई देने की कोशिश करती है। माधवी राजा ध्रुव कीर्ति के पैर छूती है और अपने नाखूनों से उनके पैरो को काटती है। काटने से हल्का खून निकल जाता है। माधवी अपने नाखूनों के माध्यम से राजा के शरीर में ज़हर डाल देती है। लेकिन इस बात का पता राजा व किसी अन्य को नहीं लग पाता है। क्यूँकि माधवी राजा के पैर को इस तरह छूती है किसी को पता ही नहीं लग पाता है कि किसी ने राजा के पैर को छुआ है। माधवी को इस बार विश्वास था की राजा ध्रुव इस बार उसके ज़हीरेले वार से नहीं बच पाएगा क्यूँकि उसने कई तरह के ज़हरों को आमंत्रित कर राजा के शरीर में डाल था। राजा ध्रुव का मरना निश्चित था।

माधवी भीड़ में चलपहल होने का इंतेज़ार कर रही थी कब उसे यह खबर मिले की राजा की मौत हो गयी है क्यूँकि उसे पता था कि राजा कुछ समय का मेहमान हैं थोड़ी देर में ही उसकी मौत हो जाएगी। लेकिन जैसे उसके सपनो में किसी ने पानी फेर दिया, तक़रीबन एक पहर के बाद राजा ध्रुव कीर्ति मुस्कुराते हुए अपनी पत्नी के साथ अपने कमरे की तरफ़ प्रस्थान करते है। राजा को ज़िंदा देख माधवी क्रोध की अग्नि में जल उठती है। लेकिन उसे हैरानी भी होती है, और आश्चर्य भी। उसकी आँखो में आँसू आ जाते है। क्यूँकि इतनी बार कोशिश करने के

बाद उसे असफलता ही मिल रही थी। अब उसे सचमुच लग रहा था की राजा ध्रुव उसके पिता है। माधवी यह सोच कर विचलित हो जाती है। उसे कुछ समझ में नहीं आता है। वह अपने सामने अपनी माँ और पिता को देख रही थी। माधवी की नज़र नए दम्पति राजा और रानी पर थी। तभी वो देखती है कि तांत्रिक भाल रानी के पास जाकर खड़ा हो जाता है। रानी के कान में कुछ बोलने लगता है जैसे की कोई योजना बना रहा हो, माधवी मौक़ा देखकर पास के ही एक खम्बे के पीछे छुप जाती है और उनकी बातों को सुनने की कोशिश करती है। भाल जो योजना बना रहा था वह सुन माधवी आश्चर्य से भर जाती है, उसे समझ नहीं आ रह था की वह क्या करे? माधवी को तनिक भी विश्वास नहीं हो रहा था कि जिस स्त्री से राजा ने अभी कुछ समय पहले विवाह किया है और जो उसकी सगी माँ है वही रानी राजा ध्रुव कीर्ति को मारने का योजना बना रही है वो भी भाल नामक तांत्रिक के साथ जो राजा का सबसे करीबी इंसान हैं।

भाल ने रानी से कहा "यह लीजिये जड़ी बूटी, इस जड़ी बूटी को दूध में मिलाकर राजा को पिला दीजिएगा। जैसे ही आप इन जड़ी बूटियों को दूध में मिलाके राजा को देंगी, तो इसके पीते ही राजा मार जाएगा। उसके बाद राजा की पत्नी होने के कारण पूरी सत्ता की महारानी और माल्किन आप हो जाएँगी।" रानी भाल की बात सिर हिलाकर मान लेती है।

माधवी जब उनकी पूरी बात सुन लेती है तो वह सोचती है कि आख़िर क्यू उसकी माँ राजा को मारना चाहती है। माधवी मन ही मन कहती है कि नहीं, कुछ भी हो, मुझे इनको रोकना है, मैं इन्हें यह कार्य नहीं करने दे सकती, अगर यह अपने कार्य में सफल हो गए तो मैं कभी भी अपने पिता से नहीं मिल पाऊँगी क्यूँकि अगर वो उन्हें नहीं रोक पायी तो वह अपने पिता से हाथ धो बैठेगी।

माधवी जाके राजा के शयन कक्ष में छिप जाती है। शयन कक्ष को बड़े ही अच्छी तरह से सजाया गया था। पूरे बिस्तर को फूलो से सजाया गया था। जहां पर पहली रात पति पत्नी का मिलन होना था। जब राजा ध्रुव अपनी पत्नी के साथ कमरे में जाते है तो रानी दूध का गिलास उठाती है और उसमें तांत्रिक भाल द्वारा दी हुई जड़ी बूटी को मिलाती है। मिलाने के बाद प्रेमपूर्वक राजा ध्रुव के साथ वार्तालाप करने लगती है। जब वे वार्तालाप करते है तो माधवी चुपके से गिलास के पास जाती है और बड़ी होशियारी से उस विष भरे दूध के गिलास से बदल देती है और खिड़की से उस गिलास को फेंक देती है।

थोड़ी देर पश्चात रानी राजा ध्रुव को दूध पीने को कहती है, राजा भी दूध का गिलास उठकर उसे पीना प्रारम्भ करते है और साथ ही दोनो प्रेम प्रसंग भी करते है। कुछ ही देर बाद राजा ध्रुव कीर्ति को नींद आने लगती है। राजा जब पूरे नींद में होते है तो रानी सोचती है कि राजा की मृत्यु हो चुकी है। वह फिर तांत्रिक भाल को कमरे में बुलाती है।

रानी के बुलाने पर भाल राजा के शयन कक्ष में आता है तब रानी उसे राजा के मरने की खबर देती है। भाल रानी से कहता है कि "मुझे तो नहीं लग रहा कि आपका काम हुआ है क्यूँकि राजा तो बड़े आराम से सो रहे है। रानी चौक जाती है, कहती है "ऐसा कैसे? आपने जो

जड़ी बूटी दी थी मैंने उसे दूध में मिलाके राजा को पिलाया था, आपने जैसा कहा था मैंने वैसा ही किया, तो फिर राजा क्यू नहीं मरा।"

भाल कहते है "अगर राजा ने वो दूध पिया था तो उसे ब्रम्हा भी नहीं बचा सकते। उनकी बात सुनकर राजा ध्रुव कीर्ति की आँखे खुल जाती है और वह भाल और अपनी रानी को साथ साथ खड़े हुए देखते है।

राजा ध्रुव कीर्ति को बहुत क्रोध आता है और वह भाल को जान से मारने की धमकी देता है।

राजा के इस क्रोधित रूप को देखकर तांत्रिक भाल अपने तांत्रिक मंत्रो का प्रयोग करके तुरंत ही राजा ध्रुव कीर्ति को बेहोश कर देता है क्यूँकि अब अगर वे राजा का वध करते तो निश्चय ही लोगों को पता चल जाता। इसलिए वह राजा ध्रुव को बेहोश कर चुपचाप महल से बाहर ले जाता है।

इस प्रकार नगर में यह खबर फैल जाती है कि राजा ध्रुव कीर्ति ग़ायब हो चुके है। खबर जब चारों ओर फैलती है तो मंत्री गण विचार विमर्श कर रानी को ही राज्य की महारानी घोषित कर देते है। माधवी यह सब छिप छिपकर देखती है। वह अचंभित हो जाती है। जब भाल, राजा को सबकी नज़रों से बचा कर ले जा रहा था तो माधवी ने उसका पीछा किया था। माधवी जान जाती है की भाल ने राजा ध्रुव को कहां छुपाकर रखा हुआ है। माधवी जैसे ही उस स्थान पर प्रवेश करना चाहती तभी वह देखती है कि पहले से ही स्त्री का रूप धारण किया हुआ शक्तिशाली नेवला खड़ा हुआ है। उस नेवले को देखकर माधवी सारी बातें समझ जाती है। माधवी अपनी आँखे बंद कर नाग देवता की शक्ति को याद कर उन्हें पुकारती है। और कुछ समय बाद ही माधवी और उस नेवले के बीच घमासान युद्ध होता है।

माधवी अपने नाग देवता के शक्तिशाली तांत्रिक मंत्रो का उपयोग करती है और उस तंत्रिकीय नेवले को जान से मार डालती है। नेवले को मारने के बाद उसकी लाश को ज़मीन के नीचे डाल कर उसके ऊपर से मिट्टी के द्वारा उसे पाट देती है। माधवी को पता था कि अगर तांत्रिक ने नेवले की लाश को देखा तो वह फिर से उसे ज़िंदा कर देगा। नेवले को मारने के बाद वह उस कक्ष में प्रवेश करती है जहां राजा ध्रुव को बंद कर रखा था।

राजा ध्रुव कीर्ति खड़ा होता है वह लोहे की बड़ी बड़ी सलाख़ों के पीछे होता है। राजा माधवी को देख हैरान हो जाता है। माधवी उसे देख कर के कहती है कि "मैं आपको यहाँ से निकाल लूंगी। माधवी को देख राजा ध्रुव कीर्ति कहते है "तुम्हारा नाम क्या है? तुम कहां से आयी हो?"

माधवी अपना परिचय देती है। राजा कहते है "माधवी तुम सच में बहुत अच्छी हो और मददगार भी हो पर तुम आख़िर मेरी मदद क्यूँ कर रही हो?" राजा की बात सुनकर माधवी की आँखो में आँसू आ जाते है। वह राजा के पास जाती है और अपने आँसू पोछते हुए कहती है कि "आप ही मेरे पिता है। आपको पता नहीं है जिस स्त्री से आपने विवाह किया है वह मेरी माँ है उनके और आपके मिलन से मैं उत्पन्न हुई हूँ। और मुझे यह बात नाग देवता से पता लगी है और

उन्हें बुलाकर मैं इसका प्रमाण आपको दे सकती हूँ, वे आपको सब कुछ बता देंगे और मुझे यह भी पता चल गया है की किस तरह मेरी माँ ने मुझे छल से कहाँ छोड़ दिया था। और आप ही के कारण सदा ही उनके मन में यह भाव पैदा है कि आप उनके मित्र नहीं शत्रु है।"

राजा ध्रुव माधवी की बात सुन कर सोच में पड़ जाते है और रोने लगते है और कहते है "मैं सत्य कहता हूँ मैंने कुछ भी नहीं किया है। मैं बाद में वहाँ गया था जहां मैंने तुम्हारी माँ को छोड़ा था लेकिन वह मुझे कही नहीं मिली "। माधवी जब राजा की बात सुनती है तो आँख बंद करके सब पता करने की कोशिश करती है की राजा जो कह रहा है वह हुआ था कि नहीं। माधवी को पता चलता है इन सब के पीछे भाल तांत्रिक का हाथ है। भाल ने ही इस कार्य को सम्पन्न किया था। वह काफ़ी समय से इस षड्यंत्र को अंजाम दे रहा था। सब कुछ उसी का ही किया धरा है।" माधवी राजा को भाल के कांड को बयान करती है तब राजा बोलते है कि "उसी ने ही मेरी पत्नी को वश में कर रखा है, और किसी भी तरह हमें उनकी रक्षा करनी है, उसे होश में लाना है। भाल को उसके किए कड़ी सज़ा मिलेगी, उसने ग़द्दारी की है।"

माधवी कहती है "जी पिताजी अवश्य वैसा ही होगा जैसा आप कह रहे है। मैं ही सब करूँगी। मैं आपको मुक्त कराऊँगी और इस कारागार में आप ज़्यादा समय तक बंधक नहीं रह पाएँगे।

माधवी अपने पिता राजा से बात कर रही होती है कि पीछे से उसके सिर पर ज़ोर से वार होता है और वह पीड़ा से सिर पकड़कर नीचे ज़मीन पर गिर जाती है और बेहोश हो जाती है। माधवी के सिर से खून बहने लगता है।

माधवी को जब राजा इस अवस्था में देखते है तो उन्हें पता चल जाता है कि भाल आ चुका है और उसी ने माधवी के सिर पर पत्थर से प्रहार किया है जिसकी वजह से माधवी बेहोश हो गयी है। माधवी के सिर से काफ़ी खून बह रहा था। माधवी को इस हालत में देखकर राजा को बहुत ग़ुस्सा आ जाता है और वह ग़ुस्से में भाल को कहता है की "भाल तूने मुझे हमेशा सिर्फ़ धोखा ही दिया है, तेरी ज़िंदा रहने की जिंतनी भी महत्वकांक्षाए है मैं स्वयं उन्हें समाप्त करूँगा।" राजा की बात सुन भाल ज़ोर ज़ोर से हंसने लगता है और हंसते हुए राजा से कहता है। "महाराज आप क्या करेंगे? आपकी कोई क्षमता नहीं है, आप तो स्वयं सलाख़ों के पीछे है और आपकी पत्नी तो मेरे वश में है, मैंने उसे वशीकरण मंत्र से युक्त ऐसा द्रव्य पिलाया है जिसके कारण वह हमेशा मेरी आज्ञा का पालन करेगी और आने वाले समय में मैं उससे विवाह कर लूँगा और इस साम्राज्य का राजा बन जाऊँगा। विवाह के बाद मैं उसे भी मार डालूँगा, फिर पूरे राज्य पर सिर्फ़ मेरा अधिकार होगा।"

अपनी बात पूरी करके तांत्रिक भाल ठहाके लगाकर ज़ोर ज़ोर से हंसने लगा और राजा उसके इन धूर्त कर्मों को सुनकर क्रोधित व परेशान हो गया।

इधर माधवी खून से लथपथ थी, भाल अपनी चालें एक के बाद एक राजा को बताए जा रहा था। राजा को समझ में नहीं आ रहा था कि वो क्या करे, वह कुछ भी करने में असमर्थ था क्यूँकि वह तांत्रिक के बनाए हुए सलाख़ों के पीछे था जिसका तोड़ उसके पास नहीं था। माधवी को पुत्री

के रूप में पाकर वह बेहद खुश था लेकिन उसे चाहकर भी गले नहीं लगा पा रहा था। माधवी बेहोश थी और राजा धुव असहाय।

तभी राजा धुव के ध्यान को भंग करते हुए तांत्रिक भाल कहता है कि "किस सोच में पड़ गए? अब आपके हाथ में कुछ नहीं है ना रानी और ना राज्य, बस आप देखते रहिए कि मैं आपके साथ क्या क्या करता हूँ। मैंने अपनी जादुई तंत्र विद्या से अपने नेवले को इतनी शक्ति दी है कि वो किसी का भी रूप ले सकता है। मेरा नेवला आपके मरे हुए शरीर का रूप धारण करेगा और मैं उसे नगर में ले जा कर नगरवासियो को दिखाऊँगा और मैं आपको मृत घोषित कर दूँगा। आप सोच भी नहीं सकते मैं क्या चाल चलने वाला हूँ।"

तांत्रिक भाल की ज़हर भरी बातों को सुन राजा का खून खौलने लगता है और वह पुरानी बातें याद करने लगता है की किस तरह वह उन पहाड़ियों में उस ऋषि कन्या से मिला था और उसके प्यार में डूब कर उससे गंधर्व विवाह किया था लेकिन किसी कार्य वश उसे राज्य वापस लौटना पड़ा था। वह भाल को अपना करीबी मानता था, राजा ने उसे सारी बातें बतायी थी, तब वह भाल की चालों से अनभिज्ञ था इसलिए उस समय भाल द्वारा दी गयी थकान मिटाने की औषधि पी ली थी। फिर उस औषधि के पीने के बाद उस ऋषि कन्या की सारी स्मृति उसके दिल और दिमाग़ से मिट गयी और वह ऋषि कन्या को भूल गया। यही कारन था की ऋषि कन्या राजा को अपना शतु मान ने लगी।

आज तक वह जिसको अपना मित्र समझते थे, वही उनका सबसे बड़ा शतु निकला, आज उनकी जो हालत है सबके पीछे इस भाल तांत्रिक का हाथ है, भाल पता नहीं कब से इन चालों को चल रहा था, राजा को पता ही नहीं चला। आज उनकी पुत्री जिसको कुछ समय पहले वो जानते ही नहीं थे, खून से लथपथ ज़मीन पर बेहोश पड़ी हुई है। भाल ने वशीकरण का प्रभाव राजा के ऊपर से हटा लिया था जिसके कारण राजा को सब कुछ याद आ गया था। भाल कुछ समय बाद वहाँ से चला जाता है। भाल के जाने के बाद राजा धुव कीर्ति अपनी पुत्री को इस प्रकार से मरता हुआ देखकर बहुत ही दुखी होते है। माधवी की अवस्था देख राजा के आँखो में आँसू आ जाते है और वह ईश्वर से प्रार्थना करने लगते है की किसी प्रकार से उनकी पुत्री ठीक हो जाये। राजा को तभी माधवी के करहाने की आवाज़ आती है। वह नीचे देखते है की माधवी को होश आ रहा है और वह उठने की कोशिश करती है लेकिन उठ नहीं पा रही थी।

कुछ समय पश्चात माधवी को पूरा होश आ जाता है उसे बहुत पीड़ा हो रही थी पर उसने उसी अवस्था में अपने नागदेवता का मंत्र उच्चारण करन प्रारंभ कर दिया। माधवी की पुकार सूनते ही नागदेवता वहाँ प्रकट हो जाते है।

नागदेवता सीधे देवाल मंदिर से उड़कर माधवी के पास पहुँचते है और साथ ही उनके साथ और भी अन्य प्रकार के जादुई शक्तियाँ और अन्य तरह के सर्प भी उनके साथ उड़ कर आते है।

नागदेवता माधवी को घायल अवस्था में देखते है और कुछ ही क्षणो में नागदेवता माधवी के घाव को भर देते है।

माधवी साक्षात उनके दर्शन पा कर नागदेवता के पैरो को छूती हुई बोलती है "हे प्रभु आपने फिर मुझे एक बार बचा लिया। यह सब मेरी साधना और तपस्या का फल है की जो आप सदैव मुझे दर्शन देते है।

आपने कभी भी मुझे निराश नहीं किया है, आप हमेशा मेरी सहायता करते है, इस बार भी आप मेरी मदद कर दीजिए क्यूँकि यह प्रश्न मेरे अस्तित्त्व का है, मेरे पिता के अस्तित्त्व का है, मेरी माँ के अस्तित्त्व का है।" माधवी की बात सुन नागराज कहते है कि सब कुछ उत्तम है तुम्हारी सोच भी अच्छी है लेकिन तुम अपना भविष्य जानती हो तो तुम्हें मुझे कहने की ज़रूरत नहीं लेकिन फिर भी मैं तुम्हें कहना चाहूँगा जिसे तुम ध्यान से सुनो और समझो, मैं तुम्हें कुछ ऐसी औषधी दूँगा जिसके कारण तुम्हारा और तुम्हारे पति में जो सम्पर्क होगा। उससे तुम अपने पति का वीर्य तो प्राप्त कर लोगी किंतु तुम्हारे सम्पर्क में आने के कारण तुम्हारे पति की मृत्यु हो जाएगी और तुम उसे अपने तंत्रो से पति के वीर्य को सुरक्षित रख सकती हो। बिना पति के तुम कभी भी पुत्र की प्राप्ति नहीं हो सकती क्यूँकि तुम्हारे शरीर में काफ़ी विष भरा हुआ है।" नागदेवता माधवी के हाथ में जड़ी बूटी देते हुए कहते है कि अब तत्कालीन समस्या को हल करो और जाओ मैं तुम्हें अपनी शक्तियाँ दे रहा हूँ और तुम्हीं को इनका प्रयोग करना है और निश्चित रूप से तुम अपने कार्यो में सफल होगी यह कहते हुए वहाँ से नागदेवता ग़ायब हो जाते है।

माधवी सबसे पहले अपनी शक्तियों का प्रयोग करके उस लोहे की बनी सलाख़ों को तोड़ डालती है। और राजा ध्रुव को आज़ाद कर लेती है। राजा ध्रुव कीर्ति और माधवी धीरे धीरे नगर की ओर बढ़ने लगते है, नगर उनसे कुछ ही दूर में था। दूसरी तरफ़ भाल ने नगर में राजा के मृत्यु की बात फैला दी थी और सवाल खड़ा कर दिया था कि राज्य को अब कौन सम्भलेगा। नगर वासियों में डर फैला देता है। वह कहता है कि नगर में एक बड़ी दैवीय विपदा आने वाली है। भाल ज़ोर ज़ोर से चिल्लाता है तभी अपनी दूसरी तरह की गोपनीय शक्ति और नेवलो में से एक नेवले को पुकारता है। वह नेवला एक बड़े से राक्षस का रूप लेता है और पूरे नगर में त्राही त्राही मचा देता है। भाल चिल्लाते हुए नगरवासियों को कहता है कि तुम्हें तुरंत राजा की आवश्यकता है। बिना राजा के सभी नगरवासी मारे जाएँगे।

नगरवासी घबराए हुए, डरे हुए राजमहल की तरफ़ दौड़ते है। इधर राक्षस का आतंक चारों तरफ़ फैल जाता है। राक्षस जिसे भी पकड़ता उसे उठकर पटक देता और उसकी मृत्यु हो जाती थी। कुछ एक तो घायल हो गए थे। उस पर किसी प्रकार की शक्ति का असर नहीं हो रहा था। राज्य की सेना उसपर भाले चलाती तीर चलाती लेकिन उस राक्षस पर कुछ भी असर नहीं करता इस प्रकार पूरे नगर में बहुत ही भयानक वातावरण बन गया था। जनता अब अपनी रानी को पुकारने लगी। रानी बाहर निकल के आयी तो सभी नगरवासियों ने उनसे कहा कि आप हमें तुरंत राजा प्रदान कीजिए। इसके लिए अगर आपको किसी से विवाह भी करना पड़े तो आप

हमारे लिए कर लीजिए क्यूँकि अगर नगर में कोई राजा ना होगा तो तांत्रिक भाल का कहना है कि किसी भी प्रकार की रक्षा नहीं हो पाएगी।

केवल राजा ही ऐसा कार्य कर सकता है। वही एक है जो हमारी और इस नगर की रक्षा कर सकता है। रानी सभी नगरवासियों की प्रार्थना सुनती है और उनसे पूछती है की उनके नज़र में कोई है जो राजा का पद स्वीकार करने के लयक है क्यूँकि उनके पति का तो देहांत हो चुका है और वो राजा नहीं बन सकती है। वो एक स्त्री है जो शासिका बन सकती है लेकिन शासक नहीं। रानी की बात सुन सारे नगर वासी सोच में पड़ जाते है। उसी समय भाल सम्मोहित रानी को इशारा करता है तो रानी अचानक कह उठती है कि क्यू ना मैं भाल से ही विवाह कर लू और उन्हें ही अपना पति स्वीकार कर लू। वह तांत्रिक भी है और देवी शक्तियों के मालिक भी। अगर वह आप लोगो का राजा बन जाए तो अवश्य ही आप लोगो का भला करेंगे। ऐसा कहकर वह भाल को पुकारती है। सारी जनता रानी की बात को सहमति देते हुए भाल का जय जयकार करने लगती है।

भाल और रानी के विवाह की तैयारी आरम्भ हो जाती है और थोड़े ही समय पश्चात भाल और रानी का विवाह सम्पन्न हो जाता है। विवाह की क्रिया जब पूर्ण हो जाती है तो भाल अपने उस तंत्रिकी नेवले को आदेश देता है कि वो उसकी सारी तंत्रिकी शक्ति लेकर नगर के बाहर चला जय और अगले दिन आकर हमला करे। नेवले के ऊपर वह अपनी सारी तांत्रिक शक्तियों से संचालित कर देता है। भाल दिखाना चाहता था कि सारी शक्तियाँ किस प्रकार कोहराम मचा सकती है।

रानी का उसे राजा के रूप में चुन ना कोई गलती नहीं है बल्कि बहुत ही आवश्यक है। भाल के आदेश पर नेवला वहाँ से चला जाता है। इतने में राजा ध्रुव और माधवी नगर में प्रवेश करते है और वे दोनो जनता के बीच पहुँचते है तो उन्हें देख कोलाहल मच जाता है वे अपने राजा को सामने साक्षात खड़ा हुआ देखते है। उनका राजा जीवित है देख सभी नगरवासियों में हलचल मच जाती है। सभी नगरवासियो को भाल तांत्रिक की करतूतों के बारे में पता चल जाता है। और दूसरी तरफ़ भाल रानी से कहता है कि उसे अब उनकी कोई ज़रूरत नहीं है क्यूँकि उन्होंने उसका सारा काम कर दिया है इसलिए उनकी अब उसे कोई आवश्यकता नहीं रही, यह कहते हुए वह अपनी छुरी निकलता है और एक ही झटके में महारानी की गर्दन को धड़ से अलग कर देता है। महारानी की वही पर तत्काल मृत्यु हो जाती है। भाल सोच सोच कर खूब हँसता है क्यूँकि उसे लगता है कि राजा क़ैद खाने में है माधवी की मृत्यु हो गयी है इस प्रकार कोई ऐसा नहीं है जो उसे पराजित कर सकता है। राजा द्वारा सुनाई गयी बातों को सुन कर जनता बहुत क्रोधित हो जाती है। सभी लोग अपने घर से जो भी उन्हें हथियार के रूप में मिलता है, चाकू, बरछी, तीर तलवार यहाँ तक की औरतें चिमटा डंडा लेकर नगर पर क़ब्ज़ा लेने के लिए बढ़ती है। जब भाल को पता चलता है कि राजा आ चुका है और नगरवासियों के साथ आ रहा है तब भाल अपने सैनिकों को आदेश देता है कि वे राजा को रोके और उनका वध कर दे लेकिन जनता इतनी ज्यादा एवं क्रोधित थी की राजा के सैनिक उनके सामने टिक नहीं पा रहे थे। यह

देख भाल अपने तंत्र शक्ति को आदेश देता है, लेकिन उसकी तंत्र शक्ति उससे कहती है कि आपने तो मुझे स्वयं संकल्प देकर एक दिन बाद आने को कहा है, भाल ऐसे में मैं आपके पास कैसे आ सकता हूँ। मैं विवश हूँ।

भाल अब अपने ही चाल में फँस जाता है क्यूँकि वह राजमहल में अपने तांत्रिक शक्तियों नहीं रखना चाहता था, किसी को अपनी शक्ति नहीं दिखाना चाहता था इसलिए उसने सारी शक्तियाँ अपने उस नेवले में स्थापित कर दी थी, अब वो नेवला भी उनके पास नहीं था वह नगर से बाहर चला गया था और वह एक दिन बाद आने वाला था। अब भाल की ऐसी स्थिति बन गयी कि वो कुछ भी नहीं कर सकता था। धीरे धीरे पूरी जनता ने राज्यमहल पर क़ब्ज़ा कर लिया, महल को चारों तरफ़ से घेर लिया गया, कोई भी जगह भागने के लिए शेष ना रही। भाल को पकड़ लिया गया और जनता ने उसे पीट पीट कर मार डाला। मरते मरते भाल कह गया कि अब माधवी का पुत्र ही मेरी तंत्र की शक्तियों को रोक पाएगा। क्यू की अब तो रानी भी नहीं है तो राजा की संतान ना हो पाएगी। उधर, राजा का पोता होने में कई वर्ष लग जाएँगे। तब तक तो सब सर्वनाश हो जाएगा। और मैंने अपनी सारी शक्तियों का आव्हान करके नेवले में डाल दिया है। तुम लोगों ने हर प्रकार से मेरा अपमान किया है। और मैं तुम सबको श्राप देता हूँ कि माधवी के पुत्र के सिवाय उस नेवले से तुमलोगो को नहीं बचा सकता। और यह तो कभी भी सम्भव नहीं क्यूँकि मैं माधवी के राज को जानता हूँ। यह कहते ही भाल अपना प्राण त्याग देता है।

राजा को कुछ समझ नही आता वह सबको शांत होने को कहते है।

राजा आने वाले कल में आने वाली मुसीबत को सोच परेशान हो जाते है वह माधवी को अपने पास बुलाते है कि पुत्री अब तुम ही इस मुश्किल घड़ी में कुछ समाधान ढूँढो। माधवी तब उत्तर देती है कि पिताजी मैं क्या कर सकती हूँ उस तांत्रिक ने ऐसी बात कही है जिसका होना सम्भव नहीं है। राजा ध्रुव माधवी से पूछते है की तुम्हारा क्या राज है जिसके बारे में तांत्रिक कह रहा था। माधवी तब राजा ध्रुव से कहती है कि वह एक विष्कन्या है और विषकन्या होने के कारण वह जिस किसी से भी विवाह करेगी उसके शरीर का उससे स्पर्श होते ही वह पुरुष मर जाएगा। लेकिन ऐसा कौन होगा जो कुछ ही घंटे के लिए मेरे साथ समागम करे और फिर अपने प्राण त्यागने के लिए भी तैयार हो जाय। कुछ ही समय वह मेरे साथ समागम कर पाएगा और मैं उसी समय उसके वीर्य को अपने शरीर में ग्रहण कर लुंगी। उस वीर्य को मैं अपने गर्भ में अपनी तंत्र शक्ति के साथ स्थापित कर दूँगी जिससे वह नष्ट ना हो पाय और फिर इस वीर्य के सहयोग से मुझे पुत्र की प्राप्ति हो सकती है। लेकिन ऐसा कौन है जो इस कार्य के लिए राज़ी होगा। राजा ध्रुव कीर्ति के सामने बड़ी समस्या खड़ी हो जाती है, वह सोच में पड़ जाते है कि माधवी की सच्चाई जानने के बाद कौन उससे विवाह करना चाहेगा। माधवी के विषकन्या का होना जानने के फलस्वरूप राजा चिंतित हो जाते है वे सोचते है की माधवी कि सच्चाई जानने के बाद कौन पुरुष उससे विवाह की इच्छा रखेगा। फिर भी वह राज्य की चिंता करते हुए राज्य में ढिंढोरा पिटवा देता है कि जो भी उनकी पुत्री माधवी से विवाह करेगा और उसके होने वाले पुत्र का पिता बनेगा उसे राज्य का सिंहासन सौंप दिया जाएगा।

लेकिन धीरे धीरे माधवी के विषकन्या होने की बात राज्य में फैलने लगती है और जो कोई भी उससे विवाह करेगा वह मृत्यु को प्राप्त होगा।

जब यह बात उड़ते उड़ते व्यापारी के पुत्र के कानो तक पहुँचती है। तो वह मन ही मन कहता है की उसने माधवी से सच्चे दिल से प्रेम किया है इसलिए वह ही माधवी से शादी करेगा। वह अपने पिता से कहके इजाज़त लेता है और जाने के लिए तैयार होता है। व्यापारी अपने पुत्र को बहुत रोकने कोशिश करता है लेकिन वह नहीं मानता है। और दौड़ता हुआ राजमहल की तरफ़ जाता है। वहाँ वह माधवी के सामने जाता है और उससे प्रेमपूर्वक कहता है की मैं आपसे विवाह करना चाहूँगा यधपि मुझे पता है कि मेरी मृत्यु हो जाएगी और यह जानते हुए भी मैं आपसे विवाह करना चाहूँगा। राजा उसकी बात सुन बहुत खुश हो जाते है, माधवी नहीं चाहती थी कि वह अपना बलिदान दे, लेकिन राज्य पर मंडराने वाली समस्या को देख, राजा की विवशता देख वह ना चाहते हुए व्यापारी पुत्र का प्रस्ताव मान लेती है। राजा दोनो का गंधर्व विवाह सम्पन्न करवा देते है।

सुहाग रात में माधवी और उस कुमार का संसर्ग प्रारम्भ हो जाता है और जैसे ही संसर्ग आरम्भ होता हैं व्यापारिक के पुत्र की कमर का पूरा क्षेत्र नीला पड़ जाता है और वह धिरेधिरे बढ़ने लगता है। माधवी ने यधपी उसे दिव्य औषधि पिला दी थी। फिर भी उसका निचला हिस्सा नीला पड़ रहा था। धीरे धीरे वह नीलापन बढ़ते बढ़ते कंधो तक गर्दन तक और मूह तक चला गया और जैस ही विष मस्तक तक पहुँचता है संसर्ग की क्रिया समाप्त होती है। और व्यापारी का पुत्र विष के भयंकर प्रभाव से ज़मीन पर गिर पढ़ता है। माधवी अपनी शक्ति के द्वारा, तंत्र मंत्र के द्वारा उसके वीर्य को अपने शरीर में अपने गर्भ में स्थापित करवा लेती है। तभी व्यापारी के पुत्र के मुंह से झाग निकलना आरम्भ हो जाता है और वह वहीं पर दम तोड़ देता है। व्यापारी पुत्र का शरीर पूरा नीला पड़ जाता है, माधवी उसे दम तोड़ते हुए देख रही थी लेकिन कुछ भी करने में असमर्थ थी। उसे तो यह पहले से ही ज्ञात था की क्या होने वाला है। माधवी तभी आँखें बंद करके अपने आराध्य देव नाग देवता को याद करती है और उन्हें पुकारती है। नागदेवता माधवी की पुकार सुन उसके सामने साक्षात प्रकट होते है। माधवी नागदेवता से कहती है कि "हे नागदेवता, आपने हर समय मेरी पुकार सुनी है और मेरी मदद की है और आपने हमेशा एक पिता की तरह मेरा मार्ग दर्शन किया है। आने वाली हर कठिनायियो, मुसीबतों से आगाह किया है। आज मैं आपको मेरी प्रिय चीज़ सौपने जा रही हूँ। आप उसका ख़याल रखिएगा।

नागराज के पूछने पर माधवी कहती है कि आप मेरे पति के शरीर को सम्भाल के रखिए। मुझे पता है की इनका शरीर आपके संकरक्षण में ही सुरक्षित रहेगा। नागराज ने माधवी के पति को अपने कुंडली में ले लेते है और वहाँ से ग़ायब हो जाते है।

माधवी अपने पति के शव को नागराज को सौंप के थोड़ा निश्चिंत थी। अब राजा ध्रुव कीर्ति और माधवी के लिए आने वाले कल की समस्या थी। माधवी के गर्भ में उसके संतान ने प्रवेश कर लिया था लेकिन अभी ९ महीने शेष थे।

आने वाला कल बहुत भयानक होने वाला था। राजा के गुप्तचरों ने राजा को खबर दी की ख़तरा नगर की ओर बढ़ रहा है। राजा ने नगरवासियों को इकट्ठा किया और उनसे विनती कि की हमें यह नगर आज रात को ही छोड़ना पड़ेगा और पास के पहाड़ियों में वास करना पढ़ेगा, हमें एक वर्ष के लिए वहाँ रहना पड़ेगा और अगले वर्ष हम यह आ सकते है। राजा की बात सुनकर नगरवासियों में हाहाकर मच जाता है। सभी भयभीत होने लगे कि हमें यह जगह छोड़नी होगी।

राजा ध्रुव कीर्ति अपने सैनिकों को आदेश देते है कि राज्य में जितना अनाज है सब को ले चलो और पहाड़ों की गुफाओं में छुपा दो, हम एक वर्ष तक अब वही रहेंगे। सैनिकों ने राजा का आदेश माना और किसानो की मदद से साल भर उगी सभी फ़सलो को बैलगाड़ी में भरके ले जाने का प्रयास करने लगे। राज्य में जितना भी धन था, जितना भी कोश था, उन सबको भी गुफाओं में ले जाके रखने लगे। इस प्रकार रात भर में पूरा नगर ख़ाली हो चुका था।

अगले दिन तांत्रिक भाल का विशेष नेवला राक्षस का विशालकाय रूप लेकर नगर में प्रवेश करता है तो एक भी मनुष्य उसे दिखायी नहीं देता है। राक्षस रूपी नेवला वह काफ़ी ऊधम मचाता है, घूमता है, उड़ता है, प्रत्येक घर जाके धावा बोलता है लेकिन उसे कोई नहीं दिखायी पड़ता है वह निराश होकर वहाँ से चला जाता है। अगले दिन वह वह फिर नगर में आता है और ऊधम मचाता है क्यूँकि उसके स्वामी ने उसे यही करने को कहा है। उधर राजा ध्रुव माधवी का बहुत ख़याल रखते है क्यूँकि उसका होने वाला पुत्र ही इस विनाश को रोक सकता है। नगर की भलाई के लिए और माधवी की सुरक्षा के लिए राजा ने सबको नगर से बाहर जाने का निर्देश दिया था। राजा के आदेश के कारण सारे नगरवासी पहाड़ी की गुफा में रह रहे थे।

राजा ध्रुव अपनी बेटी के साथ साथ नगर वसियों का भी बराबर ध्यान रखते थे। सभी नगरवासी मिलजुल कर रहते और साथ ही अपने राजा का, माधवी का ध्यान रखते थे। सभी भोजन एक साथ खाते थे। इस तरह देखते देखते नौ महीने बीत गए।

अब वो समय आ गया था जब माधवी अपने बच्चे को जन्म देने वाली थी, फिर माधवी ने एक सुंदर से पुत्र को जन्म दिया। माधवी का पुत्र कीर्तिवान और तेजस्वी था। राजा ध्रुव कीर्ति अपने पोते को देख कर बहुत ही प्रसन्न हुए अब उन्हें लग रहा था कि वो शासक अब पैदा हो गया है जो की उनके राज्य को सम्भाल सकता है और नगरवासियों की रक्षा कर सकता है। राजा ध्रुव ने माधवी से कहा कि पुत्री अब आप अपने पुत्र को शिक्षित कीजिए उसे सभी प्रकार की शक्ति का ज्ञान दीजिए। राजा की बात सुन माधवी कहती है की मुझे इस बारे में कोई ज्ञान नहीं है क्यूँकि मैं कभी भी पुत्र को जन्म दे पाऊँगी सोचा नहीं था लेकिन अभी साक्षात मेरा पुत्र मेरे सामने है जो कि नागदेवता के आशीर्वाद से हुआ है तो इसलिए मैं नागदेवता का आव्हान करूँगी वो ही मेरा मार्गदर्शन करेंगे। माधवी ने कहा की इस वक्त उसे घोर तप करना पढ़ेगा फिर वह रात को तप करने बैठी और वह तप भोर के ४ बजे तक चला, तप के समाप्त होने पर नागदेवता प्रकट होते है।

नागदेवता को देखते ही माधवी उनसे कहती है कि "हे प्रभु, आप ने हमेशा ही मेरा मार्गदर्शन किया है तो इस बार भी मुझे इस संकट से निकलने का मार्ग दिखाए और मुझे बताए कि आगे क्या करना है ?

माधवी की बात सुन नागदेवता उसे एक गोपनीय बात बताते है। नागदेवता माधवी से कहते है कि मैंने अभी तक तुम्हारे पति को जीवित रखा हुआ है, वह अभी बेहोश है और उसके शरीर से विष तुम्हारा पुत्र ही निकाल सकता है। नागदेवता माधवी को कई सारी गोपनीय विधि बताते और आशीर्वाद देते है। माधवी उसके बाद अपने पुत्र को एक विशेष रसायन पिला देती है। रसायन पीने के बाद तुरंत ही माधवी का पुत्र उल्टियाँ करने लगता है और उसी उल्टी से ज़मीन पर छोटी छोटी बामिया बन जाती है। उन बामियों में से चमत्कारी सर्प निकलने लगते है और उन सर्पो के सिर पर मणियाँ लगी हुयी होती है। यही गोपनीय विधि नागदेवता ने माधवी को बतायी थी। माधवी उन कुछ सर्पो को अपने बाहों में बांध लेती हैं और कुछ सर्पो को अपने गले में बांध लेती है। माधवी अब राक्षस से लड़ने के लिए तैयार होती है।

सुबह होते ही राजा ध्रुव कीर्ति कहते है की अब उस राक्षस से लड़ने का समय आ गया है इसलिए अब हमें अपने साम्राज्य के लिए निकलना चाहिए। राजा की बात को उनकी प्रजा मानती है। राजा के कहे अनुसार सभी नगरवासी, सैनिक, नौकर चाकर नगर की तरफ़ लौटने लगे जो की कभी उनका था।

सभी नगरवासी और राजा एक साथ एक वर्ष बाद अपने पुराने नगर में लौटते है, अपने घर की वापसी पर सभी बहुत खुश होते है। वह फिर से अपने अपने घर को सम्भालने लगते हैं और राक्षस के प्रहार से उजड़े नगर को संवारने लगते है।

दूसरी तरफ़ राक्षस रूपी नेवले को पता चल जाता है कि सारे नगरवासी और राजा ध्रुव नगर लौट आए है। तो वह नगर में जाने की तैयारी करने लगता है।

अगले दिन सुबह राक्षस ने नगर में हमला कर दिया और तोड़फोड़ मचाने लगा, साथ ही साथ उसने नगर द्वार को भी तोड़ दिया। थोड़ी ही देर में वह राक्षस माधवी को अपने सामने खड़ा हुआ पाता है, माधवी उन चमत्कारी सर्पो को आसमान की तरफ़ फेंकती है। सर्पो के ऊपर जाने से उनके सिर पर लगे मणियों से नीले रंग की रौशनी निकलने लगती है, और वह रौशनी इतनी तेज होती है की राक्षस उस रौशनी के तेज प्रकाश के कारण अंधा हो जाता है। उसे दिखना बंद हो गया उसे सिर्फ़ चारों तरफ नीली चमक ही दिखायी दे रही थी। माधवी ने अपने गोपनीय आख़िरी सर्प को निकला और उसे राक्षस के चेहरे की ओर फेंका जो की उसके मुंह से अंदर प्रवेश कर गया। वह सर्प राक्षस के मुंह से उसके गले की नाल के रास्ते उसके पेट में प्रवेश कर जाता है और पेट को फाड़ कर बाहर आ गया, इस प्रकार वो सर्प जो हीरे के समान बना हुआ था राक्षस के शरीर को इस प्रकार काट दिया था जिस प्रकार हीरा कांच को काटता है और इस प्रकार राक्षस के शरीर के चिथड़े हो गए थे, राक्षस धराशायी हो गया था।

राक्षस को मरते देख सभी नगरवासी बाहर निकल आते है और नाचने लगते है और इस तरह भाल का सारा प्रपंच नष्ट हो गया था, सारी जादुई शक्तियाँ राक्षस के मृत्यु के साथ चली गयी थी।

माधवी फिर महल के अंदर जाकर नागदेवता को बुलाती है तो नागदेवता इस बार अकेले नहीं माधवी के पति व्यापारी के पुत्र को साथ में ले आते है और ज़मीन पर रख देते है, वे माधवी से कहते है कि अब तुम अपने पुत्र के माध्यम से मेरी बतायी हुई गोपनीय विधि से अपने पति को जीवित कर सकती हो। और इस प्रक्रिया से तुम्हारा पति पुत्र के साथ साथ विषपुरुष का रूप धारण कर लेगा।

नागदेवता की बात सुन माधवी अपने पति के शरीर के पास जाती है और प्रेमपूर्वक उसके माथे पर चुम्बन करती है। माधवी तब अपने पुत्र को अपने पति के वक्ष स्थल में बैठा देती है, माधवी अपने पुत्र के छोटे छोटे हाथों के छोटे छोटे नाखूनों से अपने पति के शरीर पर खरोंचें लगती है। उन खरोंचों के कारण माधवी के पुत्र के शरीर का ज़हर उसके पिता के शरीर में जाने लगता है। और यही पर चमत्कार होता है। इसका अर्थ यह हुआ कि माधवी के शरीर में जो ज़हर था उसका काठ उसके पुत्र के शरीर में था। माधवी देखती है की उसके पति के शरीर में प्राण धीरे धीरे आने लगते है। धीरे धीरे व्यापारी के पुत्र के शरीर से विष निकलने लगता है और वह अपनी आँखे खोलता है, वह अपने छाती पर बैठे बालक को देखता है जो की नवजात है। व्यापारी के पुत्र को समझ में आ जाता है कि वह उसी का पुत्र है, अपने पुत्र को देखकर उसके आँखो में आँसू आ जाते है फिर वो आँसू भरे आँखो से माधवी को देखता है और उसे देख माधवी के आँखो में भी आँसू आ जाते है। माधवी दौड़के अपने पति के पास जाती है और उससे कहती है कि "मैं आपके जैसा पति पाकर धन्य हो गयी जिसे अपने प्राणो की भी चिंता नहीं कि मुझसे शादी करने के लिए अपने प्राण तक देने के लिए तैयार हो गया, मैं ऐसा पति पाकर, अपने आपको सौभाग्यशाली समझती हूँ। मैं आपको वचन देती हूँ कि मैं संसार में आपकी पत्नी के रूप में विख्यात रहूँगी और मैं कभी भी किसी परपुरुष का ख़याल अपने विचारो में नहीं लाऊँगी क्यूँकि ऐसा दिव्य प्रेम संसार में कहीं भी उपलब्ध नहीं है।"

माधवी की बात सुन व्यापारी का पुत्र बहुत खुश होता है और माधवी को ज़ोर से गले लगा लेता है। राजा धुव कीर्ति दूर से उनको देख रहे थे, उनको देख राजा के आँखो में आँसू आ गए। राजा धुव कीर्ति उनके क़रीब जाकर उनसे कहते है कि "बच्चों, अब तुम दोनो मेरे इस राज्य को सम्भालो और मेरे इस पोते को ही आगे चलकर राजा बनाना क्यूँकि यही आगे चलकर मेरे राज्य का उद्धार करेगा। वैसे तो मेरा कोई पुत्र नहीं है, लेकिन लाडू देवता के कारण मुझे मेरा पोता और दामाद प्राप्त हुआ है जो की पुत्र से भी ऊपरी दर्जे का है, और मैं इससे संतुष्ट हूँ, मेरी ही गलती थी कि आज तुम्हारी माँ मेरे पास नहीं है और मैं इस बात के प्रायश्चित के लिए जल्द ही हिमालय की कंदराओ में जाकर तपस्या करूँगा।"

राजा धुव अपने राज्य से विदा लेते है और हिमालय पर्वत पर जाकर सन्यास ग्रहण कर तपस्या करने लगते है। राजा के जाने के बाद माधवी और उसका पति राज्य में शासन करने

लगते है। उनके शासन काल में प्रजा उनसे बहुत प्रसन्न रहती है। माधवी अपने पुत्र को राजा बनाने की ज़रूरी तालीम देना प्रारम्भ कर देती है। राजकुमार धीरे धीरे बड़ा होने लगता है। माधवी के निरीक्षण में उसके पुत्र की शिक्षा पूरी होती है। राजकुमार अब राज्य सम्भालने के लायक़ हो जाता है।

एक दिन माधवी और उसका पति यानी की व्यापारी का पुत्र ग़ायब हो जाते है, किसी को पता नहीं होता है कि वे कहां गए है, कई दिनो तक उन्हें ढूँढा जाता है लेकिन उनका पता नहीं चलता उधर धीरे धीरे कर राजकुमार के शरीर का ज़हर खतम होने लगता है और ऐसा होते होते उसके शरीर का समस्त ज़हर समाप्त हो जाता है और यह कैसे हुआ किसी को पता नहीं है। कुछ बातें राज ही रहे तो अच्छा है।

एक दिन रात में माधवी और उसका पति राजकुमार के सपने में आते है और उसे वह गोपनीय बात बताते है की किस तरह उसके शरीर का ज़हर समाप्त हुआ जो कि आज भी राज ही बना हुआ है। किसी को नहीं मालूम की राजकुमार को सपने में उसके माता पिता ने क्या गोपनीय राज बतायी थी।

इस तरह माधवी की कहानी समाप्त होती है। कुछ कहानियाँ अधूरी रह जाती है जिसका अंत कही किसी राज में दफ़न रहता है और कोई उसको नहीं जान पाता।

देवाल मंदिर में आज भी लोगों को यह कहते हुए सुना गया है कि वहाँ एक मणी रखी हुई है जिसकी रोशनी इतनी तेज होती है कि किसी भी की आँखे चुंधिया सकती है इसलिए वहाँ जाने वाले लोग आँखो में पट्टियाँ बांध कर जाते है और यह मंदिर साल में कम ही खुलता है।

इस कहानी की विषकन्या माधवी के कई रूप दिखायी दिए। माधवी ने यहाँ सच का साथ दिया उसे किसी मक़सद के लिए नहीं तैयार किया गया था। इस कहानी में कई ने जान ली तो कई ने जान दी। कृपा देव की माधवी आज भी देवाल मंदिर में प्रमुख है और उसके बलिदान का लोग पूजा करते है। हर कोई माधवी विषकन्या को बड़े प्यार और सम्मान से याद करता है।

विषकन्याओ ने अपने स्वार्थ या किसी स्वार्थ को पूरा करने के लिए कई बलिदान दिए। हमारा इतिहास गवाह है। कई विषकन्या हुई। जिनके बारे में जनकारिया अभी तक गुप्त है। कइयों के प्रमाण मिले तो कई कहानियां समय के साथ लुप्त हो गयी।

अवतरण - २

मैं आपको एक और विषकन्या की कहानी सुनाती हूँ जिसके बारे में कुछ काम लोगोको ज्ञात है।

एक दिन राजा चित्रसेन ने अपने तीनों पुत्रों का परीक्षा लेने के लिए उन्हें दरबार में बुलाया। राजा ने तीनों पुत्रों को एक-एक करके सोने की मुद्रा दी और उनसे कहा इस स्वर्ण मुद्रा से कोई ऐसी वस्तु खरीद के लाए जिससे महल का एक कमरा पूरी तरह से भर जाए।

तीनों पुत्रों राजा की बात मानकर अलग-अलग बाजार चले जाते हैं। बाजार में वह बहुत सी चीजें देखते हैं, लेकिन घूमते घूमते शाम हो जाती है और उनको समझ में नहीं आता कि आखिर उन्हें क्या खरीदना चाहिए। तब छोटा बेटा ने पुछा यह पुस्तक कितने की है? पुस्तक बेच रहे आदमी ने बोला - "पुस्तक का भला क्या मोल होगा भाई, यह बहुत सस्ती है लेकिन इसमें लिखी बातें बहुत ही अनमोल है। "ठीक है मुझे यह चाहिए यह स्वर्ण मुद्रा रखिए और पुस्तक मुझे दे दीजिए।

शाम को तीनों बेटे वापस आते हैं, और अपने कमरे में बैठकर राजा का इंतजार करते हैं। राजा सबसे पहले छोटे बेटे के कमरे में जाते हैं और पुछता है, "बेटा क्या बात है तुमने कुछ नहीं खरीदा? पिताजी मैंने यह पुस्तक खरीदी है। पिता बोला, "क्या एक स्वर्ण मुद्रा से केवल यह पुस्तक खरीदी, ठीक है "तुम मेरे कक्ष में चलो। इसके बाद राजा दूसरे बेटे के पास जाता है, तुम क्या लाए हो बेटा, "पिताजी मैंने भूसा खरीदा है और पूरा घर भूसे से भर दिया है। ठीक है जाओ मेरे कक्ष में, और मेरा इंतजार करो। अब राजा तीसरे और सबसे बड़े बेटे के पास जाते है तीसरे बेटे ने अपने कमरे में अंधेरा कर रखा था, राजा जैसे ही उसके कमरे में प्रवेश करते हैं वह तुरंत मोमबत्ती को जला देता है जिससे उसने वह स्वर्ण मुद्रा दे कर खरीदा था।

राजा ने बोला - "अरे वाह बेटा तुमने तो यह कमरा ही नहीं बल्कि पूरा महल रोशनी से भर दीया, शाबाश बेटा चलो मेरे कक्ष में। राजा अपने कक्ष में जाते हैं और सभी को अपनी फैसला सुनाते हैं।

महारानी! हमने फैसला किया है, हम सब से बड़े और बुद्धिमान बेटे को ही राजा बनाएंगे और अपने दूसरे बेटे को सहायक बनाएंगे, हमारा तीसरा बेटा हमारे लिए किसी काम का नहीं है इसलिए हमारी दौलत को इस बेकार सी पुस्तक पर खर्च कर दिया इसके लिए महल में कोई स्थान नहीं है, इसलिए इसे कह दे की यह सुबह होते ही महल छोड़कर चला जाए।

राजा की आदेश का पालन किया गया अगले जब छोटा बेटा घर छोड़कर जाने लगा, तब मां रोते हुए आई और उसने थैले में कुछ लड्डू बांध कर उसे रस्ते के लिए दे दिया इसके बाद वह वहां से जंगल की तरफ चला जाता है।

चलते-चलते शाम हो गई ओर उसे बहुत जोर से भूख लगने लगी। इस लिए वह रात बिताने के लिए एक पेड़ के नीचे बैठ जाता है और मां के द्वारा दिया हुआ लड्डू खाने के लिए निकालता है। वह जैसे ही लड्डू तोड़ता है, उसमे से सोने का सिक्का निकलता है राजकुमार एक-एक करके सारे लड्डू खाने के लिए तोड़ता गया, तो उसे उस में से ढेर सारी अशरफ़ियां मिली उसने सारे अशरफ़ियां थैले में भर ली और पेड़ के नीचे सोने लगा। लेकिन उसे नींद नहीं आ रही थी सो वह अपनी किताब निकाल कर पढ़ने लगा।

वह किताब में लिखे शब्द पर विचार करने लगा। "हूं इस किताब में जो बाते लिखी है, वैसा कुछ मेरे साथ भी हो रहा है मेरे ही भाई जो गुणवान है, उसे पिता जी ने उसे राजा बना दिया और मुझे बेकार मान कर घर से निकाल दिया। मुझ में कोई गुण ना होने के बाद भी मां ने मेरी सहायता की और पिताजी से छिपा कर लड्डूयों में मुझे अशरफ़ियां भर के दे दी। यह सोचते हुए राजकुमार के आखों में आंसू आ गए।

अब वह किताब में लिखी हर एक बात को परखना चाहता था। अगले दिन सुबह पुस्तक में लिखी अगली लाइन को परखने के लिए वह अपनी बहन के घर की तरफ़ रवाना हो गया, जो वहीं पास के दूसरे राज्य में रहती थी। जब वह महल के बाहर पहुंचता है, तब सिपाही उसे रोक लेता है और राजकुमारी जी के पास खबर भेजवाता है, "महारानी खबर आई है कि द्वार पर आपके छोटे भाई आए है।

महारानी अपने महल की खिड़की से द्वार की तरफ़ देखती है और दासी से कहती हैं, "दासी क्या बकवास कर रही हो, हमारा भाई आयेगा तो हाथी और घोड़ों पर सवार हो कर आयेगा ऐसे भिखारियों तरह नही, वह कोई भिखारी दिखाई दे रहा है। उसे नौकरों के साथ रहने के लिए कह दो और रूखा सूखा जो भी हो खाने के लिए दे देना, "जी महारानी। इस तरह राजकुमार को बहन होते हुए भी नौकरों के साथ रहना पड़ा और रूखा सूखा भोजन खाना पड़ा।

उसने किताब में लिखी तीसरी लाइन को परख लिया था। अब बारी थी चौथी लाइन की उसे परखने के लिए बहन के घर से निकल कर मित्र के घर तरफ चल दिया। जब वह अपने मित्र के घर पहुंचता है, तो उसे देखते ही गले लगा लेता है और रोने लगा। मित्र ने पुछा अरे मित्र क्या हुआ तेरी ऐसी हालत सब ठीक तो है, राजकुमार ने बोला - "कुछ नहीं मित्र सब भाग्य की बात है।

राजकुमार अपने घर से निकाले जाने की सारी बात सुनाता है। मित्र उसे साहस दिलाते हुए बोला - कोई बात नही मित्र यह भी अपना ही घर समझ एकदम आराम से रहिए। राजकुमार ने बोला - तभी तो आपके पास आया हूं, मित्र से बड़ कर कोई नहीं होता। इस प्रकार मित्र के घर में रह कर कुछ दिन बीत जाते हैं। फिर वह मित्र से अनुमति ले कर आगे की सफर के लिए निकल जाता है।

चलते-चलते शाम हो जाती है और वह दूसरे राज्य की सीमा में प्रवेश कर जाता है। वह रात बिताने के लिए उचित स्थान की तलाश करने लगता है की तभी उसे एक मंदिर दिखाई देता है। वह मंदिर के पास जाता है और जा कर पंडित जी से पुछता है - पंडित जी क्या मैं आज के रात भगवान के दरबार में गुजार सकता हूं, सुबह होते ही चला जाऊंगा। बेटा यह भगवान का दरबार है सबके लिए हमेशा खुला रहता है, लो पहले प्रसाद ग्रहण करो,

राजकुमार अभी प्रसाद ग्रहण कर ही रहा था की राजा के तरफ से नगर में डुगडुगी बजने लगी, डुगडुगी के आवाज सुन कर सभी लोग घरों के अंदर जा कर घर के दरवाज़ा बंद कर लेते हैं। राजकुमार ने पण्डित से पुछा - "पंडित जी यह कैसी डुगडुगी है, और सभी लोगों ने अपने – अपने घरों का दरवाजा क्यों बंद कर लिया। "बेटा ये डुगडुगी यहां के राजा की तरफ से बजवाई जा रही है राजा की एक ही बेटी है, विषकन्या उसी के लिए बजाई जा रही है ये डुगडुगी। राजकुमार ने आश्चर्य से पूछा- विषकन्या ?

पण्डित जी ने सारी बात बतायी - "जो भी नौजवान राजकुमारी के कमरे में एक रात रहेगा, राजा अपनी बेटी का विवाह उसी नौजवान से कर देंगे। राजकुमार ने पुछा- "तो पंडित जी इस में परेशानी क्या है, बेटा परेशानी नहीं यह मुसीबत है मुसीबत। राजकुमार ने पुछा मुसीबत। पण्डित- "हाँ बेटा आज तक जो भी नौजवान विषकन्या के कमरे में गया है सुबह उसकी लाश ही निकली कोई भी जीवित बच कर नही निकल पाता है, इसी लिए सब लोग डरे हुए हैं। राजकुमार ने कहा - "पण्डित जी मैं अभी आया।

राजकुमार उस डुगडुगी वाले के पास जाता है, "अरे सुनिए मे आपके साथ चलने के लिए तैयार हूं। पण्डित ने बोला- बेटा यह तुम क्या कर रहें हो यह तो साक्षात आत्महत्या है, वहां से आज तक कोई भी जीवित नहीं लौटा। पण्डित जी वैसे भी इस दुनियां में मेरा कोई भी नही है, और आप निश्चित रहे में आपके पास अवश्य लौटूँगा आप मुझे बस अपना आशीर्वाद दे। वह पण्डित के चरण स्पर्श करता है और सैनिकों के साथ महल की ओर चल देता है।

महल में पहुंचने पर राजा उस नौजवान से उसका परिचय पूछता है और राजा के हुक्म पर उस नौजवान को राजकुमारी के कमरे में बन्द कर दिया जाता है। राजकुमारी जो की एक विषकन्या

थी उससे पूछती है - आप कौन है ?और अपको अपने जीवन से मोह नहीं है। राजकुमार ने सरल भाषा में जवाब दिया - वैसे तो जन्म से हम भी एक राजा है लेकिन अब नही और रही बात जीवन की वो तो एक दिन सभी को इस माया रूपी संसार को छोड़कर जाना ही है। विषकन्या बोली - ठीक है रात बहुत हो चुकी है चलिए अब आप भी सो जाइए। राजकुमार ने कहा - आप विश्राम करे हमे नींद आयेगी तो हम सो जायेंगे।

राजकुमारी सोने लगती है लेकिन राजकुमार को नींद नहीं आती है, इसलिए वह अपनी किताब को पढ़ने लगता है। जो जागे सो पावत है, जो सोवे खोए, एक ही लाइन को बार-बार पढ़ता रहता है। जब राजकुमारी गहरी नींद में सो चुकी थी तभी उसकी नाक से एक विषैले नाग को निकलते हुए देख राजकुमार बिना भयभीत हुए पास में पड़े हुए डंडे को उठाता है और जैसे ही पलंग से नाग नीचे आता है उसे मार देता है।

सुबह जब राजकुमारी का कक्ष का दरवाजा खोला जाता है, तो दोनों को जीवित देखकर महारानी बहुत खुश होती है यह बात पूरे राज्य में फैल जाती है और समस्त राज्य में उस नौजवान की बहादुरी की चर्चा होने लगती है। राजा ने भी अपने वचन के अनुसार राजकुमारी की विवाह उस नौजवान से करा दिया।

कुछ दिन राज्य में रहने के बाद एक दिन राजकुमार राजा से कहते हैं, - महाराज अब हम अपने घर वापस जाना चाहते हैं, बेटा अब तुम कहां जाओगे? राजकुमार ने बोला - हम अपने माता पिता के पास जाएंगे वैसे भी बेटी का अपना घर ससुराल होती है मायका नहीं। राजा ने सरलता पूर्वक कहा - जैसी तुम्हारी इच्छा।

राजा के आदेश पर ढेर सारी हांथी, घोड़ों पर ढेर सारा सामान लाद दिया, ओर सैनिकों के साथ अपनी बेटी को बिदा कर दिया। राजकुमार पहले पंडित जी के पास जाते हैं फिर अपने मित्र से मिलते है फिर अपने बहन से मिलते हुए अपने घर की ओर रवाना हो जाते हैं। राजा को अपनी गलती का एहसास होता है और अब सभी हंसी-खुशी साथ रहने लगे।

कहते हैं विद्या कभी व्यर्थ नहीं जाती, मनुष्य केवल शिक्षा तथा माता-पिता गुरुजनों द्वारा दिया हुआ आशीर्वाद और संस्कार से प्रगति कर सकता है तो इस कहानी में हमें यही पता चलता है कि अपने माता पिता और गुरुजनों का सम्मान करें। यहाँ राजकुमारी को विषकन्या नहीं बनाया गया था, शेशनाग के उसके शरीर में वास करने से वह विषकन्या बन गयी थी।

विषकन्या का नाम सुनते ही हमारे ज़ेहन में विष आता है यानी कि विष में डूबा शरीर। विषकन्या या विषपुरुष के इतिहास को जानने के लिए कई खोजबीन की गयी है।

हर एक की खोज लगभग एक जैसी ही होती है।

मैं आपको इन्हीं कुछ विशेषज्ञों की खोज में से कुछ तथ्य सामने लाती हूँ।

जैसे - जिसे विषकन्या बनाया जाता है उसे बचपन से ही नशीली खुराख दी जाती है और उसके अंदर विषकन्या बनने का गुण बचपन से ही रहता है तभी वह विषकन्या बन सकती है।

काफी ट्रेनिग के बाद विषकन्या बनाकर तैयार किया जाता है। विषकन्या को किसी को मारने के लिए हथियार के रूप में तेयार करते हैं।

सांप से भी अधिक जहरीला विषकन्या को माना जाता है। सांप एक बार डस ले तो उसका जहर शरीर से निकाला जा सकता है और उसकी जान बचा सकते हैं। मगर विषकन्या द्वारा शरीर में दिया गया विष एक बार दे दिया तो फिर जान जाना निश्चित ही है।

ऐसा मैं इसलिए कह रही हूं क्यूँकि विषकन्या विष देने से पहले उसकी कमजोरी को पता कर लेती है उसके बाद ही उसे विष देती है, जिसके कारण से तुरन्त उसकी मौत हो जाती हैं।

विषकन्या काला जादू से परिपूर्ण रहती है। विषकन्या को अच्छी तरह से काला जादू की जानकारी दी जाती है, तभी तो बड़े से बड़े विद्वानो को भी अपने बस में कर लेती है।

दोस्तों हमारा इतिहास एक से बढ़कर एक रहस्यों से भरा हुआ है। इतिहास के पन्नो पर मिलते हैं ऐसे जीवो के वर्णन जो बेहद रहस्यमय है, कुछ ऐसे जिव जिनकी हमने सिर्फ कहानियां सुनी हैं तो कुछ ऐसे जिनका अस्तित्व आज भी हो सकता है। ऐसे ही एक रहस्यमय जिव है विषकन्या, जिसका वर्णन इतिहास में तो मिलती ही है और इनका अस्तित्व आज भी हो सकता है।

विषकन्या दरहसल एक बेहद खूबसूरत और आकर्षक जवान स्त्री होती है, जिसके शरीर में मौजूद तरल लगभग विष होता है। इसके करीब आकर इसके शरीर में मौजूद किसी भी तरल के संपर्क में आने से मौत हो जाती है। पुराने ज़माने में राजा महाराजा विषकन्याओ को अपने राज्य में रखते थे।

चाणक्य के अर्थशास्त्र में वर्णन मिलता है कि राजा और महाराजा अपने दुश्मनो को नियंत्रित करने और उनका क़त्ल करवाने के लिए विषकन्याओ का इस्तेमाल किया करते थे। विषकन्याओ का इस्तेमाल खास तौर पर किसी विशेष व्यक्ति को मारने के लिए किया जाता था। यह विषकन्याएँ उसे अपने आकर्षण के जाल में फंसाकर मौत की नींद सुला देती थी और लोगों को पता भी नहीं चलता था कि आखिर उसकी मौत कैसे हुई।

विषकन्याओं को समझने के लिए मिट्रिडिटेसीम के बारे में जानना होगा। मिट्रीडिअट्स नाम का एक ग्रीक राजा था, जिसके पिता की मृत्यु खाने में परोसे गए जहर की बजह से हुई थी। इस बात का डर मिट्रीडिअट्स के अंदर भी बैठ गया था कि उसे भी जहर देकर मार दिया जाएगा। इसलिए उसने बहुत सीमित मात्रा में रोज जहर लेना शुरू किया और धीरे-धीरे उसका शरीर जहर का अभ्यस्त हो गया। इसको देखते हुए दुनिया भर में यह पद्धति अपनाई गई और उसका नाम मिट्रिडिटेसीम रखा गया।

इस पद्धति की बजह से ही हमारे पास एंटीबायोटिक्स और एंटी वेनम जैसी दवाइया बन पाई। इसी पद्धति को अपनाकर एक साधारण लड़की को विषकन्या बनाया जाता है। विषकन्या बनने के लिए चुने जाने के बाद किसी लड़की का अभ्यास बचपन में ही शुरू कर दिया जाता था।

उसे सीमित मात्रा में खाने के साथ जहर दिया जाता था। इसके साथ अपने दुश्मन को रिझाने के लिए उसे नृत्य और संमोहन में पारंगत भी बनाया जाता था।

जिन लड़कियो की प्रतिरोधक क्षमता कमजोर होती थी उनकी मौत कुछ ही दिनों में हो जाती थी और जिनकी प्रतिरोधक क्षमता तगड़ी होती थी वह जहर का सेवन करते-करते जवान हो जाती थी। जवान होने तक उनके शरीर में मौजूद पूरा तरल लगभग जहरीला हो जाता था। उसके बाद यह विषकन्याएँ आसानी से किसी की भी जान ले सकती थी।

विषकन्या का जिक्र चंद्रगुप्त मौर्य के जीवन में भी आता है। धनानंद नाम के राजा ने एक विषकन्या को चंद्रगुप्त मौर्य की जान लेने के लिए भेजा था। लेकिन चंद्रगुप्त के पास उनके गुरु चाणकय थे जिनकी बुद्धि का जवाब ही नहीं था। उन्होंने देखते ही पहचान लिया था कि यह लड़की एक विषकन्या हैं। चाणक्य ने उस विषकन्या को पकड़वा दिया था। उसकी जान बख्शने के बदले में चाणक्य ने उस विषकन्या को दूसरे राजा को मारने के लिए भेज दिया था।

अब चाणक्य को चंद्रगुप्त की चिंता हुई और उन्होंने चंद्रगुप्त को हमेशा के लिए विषकन्याओ से बचाने के लिए उन्हें धीरे-धीरे खाने में जहर देना शुरू कर दिया था। इसकी बजह से चंद्रगुप्त खुद एक विषपुरुष बन गए थे और उन्हें जीवन में किसी भी विष से कोई परेशानी नहीं हुई। लेकिन इस प्रयोग की बजह से चंद्रगुप्त को भारी दुख भी झेलना पड़ा था। दरहसल चंद्रगुप्त को पता ही नहीं था कि चाणक्य ने उन्हें विष पुरुष बना दिया हैं।

एक दिन खाना खाते समय महारानी ने चंद्रगुप्त का जुटा निवाला खा लिया था और उसी दिन उनकी मौत हो गई थी। जिस समय रानी की मौत हुई वह गर्भवती थी। लेकिन बच्चे की जान बच गई थी। वहीं आगे चलकर बिंदुसार बना।

इसके अलावा विषकन्या का जिक्र मगध साम्राज्य में भी सामने आता है, जब नंदवंश के संस्थापक महाराज पद्म नंद ने शिशुंगवंश के काले सोक को मारने के लिए एक बेहद खूबसूरत विषकन्या को भेजा था और उनकी जान ले ली थी। विषकन्याओ के आधार पर कई फिल्मे और टीवी सीरियल्स भी बनाए गए हैं और कल्कि पुराण में भी इनका वर्णन मिलता हैं।

बचपन में हम राजा महाराजाओ की कहानी सुनते तो उसमे एक ऐसी नायिका या नायक के बारे में सुनने को मिलता था जो अकेले ही राजा या किसी बड़े पद के व्यक्ति को आसानी से रास्ते से हटा देते थे। विषकन्या एक ऐसी लड़की होती है जो अपने अंदर विष को धारण कर रखती है। लम्बे समय से विष की मात्रा धीरे धीरे लेने से उसका शरीर इस विष को धारण करने लायक बन जाता था और फिर वो किसी को भी उस विष के प्रभाव से ख़त्म कर देती थी।

विषकन्या एक साधारण कन्या ही होती थी जो एक लम्बी प्रक्रिया के बाद विषकन्या बनती थी इन्हे एक हथियार के रूप में राजा महाराजा अपने काम के लिए इस्तेमाल करते थे।

विषकन्या बनने का गुण कुछ बच्चो में बचपन से ही होता था। नगरवधु की निगरानी में इन बच्चो को एक ऐसे जहर की खुराख दी जाती थी जिसका प्रभाव धीरे धीरे चढ़े। उन बच्चो का

शरीर धीमे जहर को धीरे धीरे स्वीकार करने लगता था और फिर उनके अंदर भी जहर बनना शुरू हो जाता था। यहाँ तक की उनके जहर से साँप भी मर सकते थे फिर इंसान की बिसात ही क्या।

विषकन्या या विषपुरुष की पहचान करना बेहद मुश्किल होता था क्यों की ऊपर से कोई इनके और साधारण मनुष्य में फर्क पता नहीं कर सकता था। इस वजह से ये अपने आसपास के लोगो में घुल मिल जाते थे और मौका देखते ही अपने काम को कर वहा से निकल जाते थे। इन्हे सिर्फ जहरीला ही नहीं बनाया जाता था बल्कि हर तरह की ट्रेनिंग दी जाती थी फिर चाहे वो दुसरो को रिझाने की हो या फिर शस्त्र विद्या, ये हर तरह की कला में माहिर बन जाते थे।

दरअसल पुराने समय में किसी शतु को ख़त्म करने के लिए कई तरीके अपनाये जाते थे जिसमे युद्ध सबसे बड़ा माध्यम था लेकिन तब क्या होगा अगर शतु आपसे ज्यादा बलशाली हो और आपके पास उससे लड़ने के लिए सही बल भी न हो। ऐसी स्थिति में विषकन्या या विषपुरुष काम आते थे। ये उन लोगो के साथ मिल जाते थे जिन्हे ख़त्म करना होता था।

अगर पुरुष होता था तो नौकर बन कर राजा की सेवा करता और अगर कन्या होती थी तो राजा का मनोरंजन करती थी जिससे की किसी को कोई शक भी नहीं होता था। सही मौके की तलाश में रहते इन लोगो को बस एक मौका चाहिए जिससे ये चूकते नहीं थे। एक तरह से ये राजा महाराजा के गुप्त हथियार का एक हिस्सा ही थे।

कुछ बच्चो के जन्म के समय जब लोगो को पता चलता की शादी के वक़्त जिससे इस बच्चे की शादी होगी वो मर जाएगा तो लोग ये सोच कर की किसी की जिंदगी ख़त्म करने की बजाय इसे शाही सेवा में लगा दिया जाए।

यही सोच कर लोगो अपने बच्चे राजा को सौंप देते थे जो नगरवधू के पास रहकर हर तरह की कला सीखते। साथ ही इन्हे जहरीला भी बनाया जाता था। इसके लिए उनके शरीर में ऐसे जहर को पहुँचाया जाता था जो कम जहरीला हो।

धीरे धीरे जब इस जहर को शरीर एक्सेप्ट कर लेता था तब जहर की मात्रा को बढ़ा दिया जाता था इससे बच्चे का शरीर इतना जहरीला हो जाता था की उसकी लार और नाख़ून काटने से भी दूसरे के शरीर में जहर फ़ैल जाता था और वो मर जाता था।

कल्किपुराण के अनुसार उस काल में जब किसी घर में पंडित किसी बच्चे को विषकन्या योग से पीड़ित बता दिया करते थे तो उस बच्चे को परिवार से अलग कर राजा की सेवा में भेज दिया जाता था।

इतिहास के अनुसार कौटिल्य शास्त्र के रचियता चाणक्य के सन्दर्भ में कहा जाता है कि उन्होंने कई बार मौर्य साम्राज्य के संस्थापक चन्द्रगुप्त मौर्य के प्राणों की रक्षा की। जिनमें से कुछ हमले विषकन्याओं का प्रयोग करके भी किये गये थे

उन्हीं में से एक प्रसंग इस प्रकार है

एक बार की बात है, नन्द वंश के तात्कालीन सम्राट धनानन्द के मंत्री ने एक षड्यन्त्र किया। उसने छलपूर्वक विजय अभियान से लौटकर आये हुए चन्द्रगुप्त मौर्य के स्वागत में एक विषकन्या को भेजा किन्तु विषकन्या जैसे ही चन्द्रगुप्त के रथ के सामने आई, चाणक्य ने उसे रोक दिया और चन्द्रगुप्त के साथी राजा प्रवर्तक से कहा कि "इस रूपवती स्त्री को तुम स्वीकार करो।" राजा प्रवर्तक ने विषकन्या को स्वीकार कर लिया।

राजा प्रवर्तक युद्ध में चन्द्रगुप्त मौर्य का सहयोगी था। अत: राज्य के नीति नियमों के अनुसार उसे आधे राज्य का स्वामी बनाया जाना था। किन्तु जैसे ही उसने विषकन्या का हाथ पकड़ा, विषकन्या के हाथों में लगा पसीना उसे लग गया।

जिससे प्रवर्तक के शरीर में विष फ़ैल गया और वह बीमार पड़ गया। उसने मित्र चन्द्रगुप्त मौर्य को मदद के लिए बुला भेजा। चन्द्रगुप्त ने राज्य के सभी वैद्यों को उसकी चिकित्सा करने के लिए नियुक्त कर दिया। किन्तु जहर शरीर में इतना फ़ैल चूका था कि उसे नहीं बचाया जा सका और अंतत: उसकी मृत्यु हो गई।

इस घटना से कुछ इतिहासकार यह मतलब निकालते है कि चाणक्य ने जानबूझकर विषकन्या को राजा प्रवर्तक के पास भेजा था। उनका मानना है कि चन्द्रगुप्त की प्राण रक्षा के लिए राजा प्रवर्तक का मरना जरुरी था।

राजनैतिक नियम के अनुसार जब किसी राज्य को दो राजाओं में आधा – आधा बांटा जाता है तो एक न एक दिन उनमें आपस में युद्ध अवश्य होता है। किन्तु यह महज एक अनुमान मात्र है।

इस घटना के बाद चाणक्य ने चन्द्रगुप्त को भविष्य में विषकन्या और विष के प्रभाव से बचाने के लिए भोजन के साथ अल्प मात्रा में जहर देना शुरू कर दिया तथा दिन प्रतिदिन उसके आहार में विष की मात्रा बढ़ाते रहने की व्यवस्था की। ताकि चन्द्रगुप्त भविष्य में जाने – अनजाने में भी किसी विषकन्या के संपर्क में आये तो उससे सुरक्षित रह सके। इस प्रकार चन्द्रगुप्त विष के प्रभाव से पुर्णत: सुरक्षित था।

एक दिन की बात है, जब सम्राट चन्द्रगुप्त भोजन कर रहे थे। तभी वहाँ उनकी गर्भवती महारानी का आगमन हुआ। महाराज को भोजन करते देख महारानी की भी इच्छा हुई कि महाराज के साथ भोजन करें। अपनी इच्छा के अनुरूप महारानी ने चन्द्रगुप्त की थाली में से भोजन का एक कौर उठाकर खा लिया। भोजन में मिले हुए विष के प्रभाव से महारानी कुछ ही क्षणों में मूर्छित हो गई।

राजा चन्द्रगुप्त ने राजवैद्यों को बुलाया और महारानी के अचानक मूर्छित होने की बात बताई। किन्तु कोई भी महारानी के मूर्छित होने का वास्तविक कारण नहीं जानता था। तभी यह बात चाणक्य को पता चली। उन्हें पता था कि रानी मूर्छित क्यों हुई। उन्होंने तुरंत शल्य – चिकित्सकों को बुलाकर रानी के गर्भ में स्थित बालक को निकलवा लिया। बालक तो बच गया लेकिन महारानी की मृत्यु हो गई।

महारानी के विषैला भोजन करने से बालक पर कोई खास असर नहीं हुआ लेकिन उसके ललाट पर एक नीला निशान बन गया था। माथे पर उभरे नीले निशान के कारण ही चन्द्रगुप्त ने उसका नाम बिन्दुसार रख दिया। आगे चलकर यही बिन्दुसार राज्य विस्तार और जैन धर्म के प्रचार के लिए प्रसिद्ध हुआ

इस प्रकार विषकन्याओं द्वारा छलपूर्वक शतु राजाओं की हत्या की जाती थी तथा राजाओं के शुभचिंतकों द्वारा उसकी सुरक्षा करने के लिए उन्हें भी प्रतिदिन अल्प मात्रा में विष देकर विषपुरुष बना दिया जाता था। ताकि विषकन्या का उन पर कोई खास प्रभाव न पड़े।

विषकन्या हो या विषपुरुष दोनों का ही राजा अपने स्वार्थ के लिए इस्तेमाल करते थे। इसके जरिये वो उन लोगो को आसानी से ख़त्म करवा देते थे जो उनसे ज्यादा शक्तिशाली थे और सीधे टकराव नहीं कर सकते थे।

विषकन्या या विषपुरुष के इस्तेमाल से वो आसानी से दुसरो को अपने रास्ते से हटवा देते थे और किसी को शक भी नहीं होता था की कोई किसी को मरवाने वाला है।

चन्द्रगुप्त मौर्य काल (३२१ – १८५ बी सी) में लिखे गए एक महाग्रंथ "मुद्राराक्षस" में विषकन्या का जिक्र है जिसे नगरवधू राजा के लिए खुद तैयार करती थी। ये नगरवधू शाही वेश्या होती थी। राजा महाराजा के निजी कार्यो की पूर्ति के लिए ये सुन्दर कन्याओ को विषकन्या बनाती थी।

एक अन्य जगह कौटिल्य के अर्थशास्त्र में वर्णन किया गया है की चन्द्रगुप्त मौर्य के दुश्मन और तत्कालीन राजा नन्द के महामंत्री अमात्य राक्षस ने छल से नगरवधू की तरफ से भेजी गई भेंट को राज-दरबार में पेश किया गया।

चन्द्रगुप्त उपहार में इस सुंदरी को पाकर खुश हो गए, लेकिन तभी चाणक्य ने कहा की चन्द्रगुप्त के बजाय ये उपहार उनके मित्र राजा पर्वतक को दिया जाना चाहिए क्यों की उन्होंने संकट के समाय राजा की मदद की।

जब राजा पर्वतक रहस्यमयी तरीके से दूसरे दिन मरे मिले और कन्या गायब तक चाणक्य ने चन्द्रगुप्त को ये राज जाहिर किया की ये विषकन्या थी जो उसे मारने के लिए भेजी गई थी।

-विषकन्या अय्यारी, जादू-टोना, राजनीतिक षड्यंत्र, युद्ध, इश्क-मुहब्बत की दास्तानें और सबसे बढ़कर बला की ख़ूबसूरत, बेहद रहस्यमयी और एक जीता-जागता ज़हरीला हथियार। सम्मोहन के जाल में फंसाकर पुरुषों को मौत के घाट उतार देने वाली इन विषकन्याओं का ज़िक्र यूं तो कई प्राचीन ग्रंथों में मिलता है, लेकिन आम लोगों के बीच ये इस धारावाहिक के बाद ही जिज्ञासा का केंद्र बनीं।

१८८८ में देवकीनंदन खत्री के उपन्यास 'चंद्रकांता संतति' में कई जगह इनका ज़िक्र है। कहानीकार विवेक मिश्र बताते हैं, 'चंद्रकांता संतति १३ खंडों में है। इस उपन्यास में विस्तार से बताया गया है कि विषकन्याएं कैसे बनती थीं। जिन कन्याओं का विषकन्या बनाने के लिए

चयन किया जाता था, उन्हें बचपन से ही थोड़ी-थोड़ी मात्रा में विष देना शुरू कर दिया जाता।

इनको बाक़ायदा ट्रेनिंग दी जाती थी। चूंकि इनका इस्तेमाल राजनीतिक मक़सद से किया जाता, इसलिए इन्हें तहज़ीब, संगीत और नृत्य की शिक्षा दी जाती, ताकि शत्रु राजा या बड़े ओहदे पर बैठे पुरुष इनकी ख़ूबसूरती और व्यवहार के जाल में फंस सकें। इन्हें युद्ध कौशल में निपुण बनाया जाता और हर तरह की छल विद्या सिखाई जाती।'

आयुर्वेद और शल्य चिकित्सा के सबसे प्राचीन संस्कृत ग्रंथ 'सुश्रुत संहिता' में भी विषकन्याओं का ज़िक्र मिलता है। इस ग्रंथ की रचना छठी शताब्दी में काशी में जन्मे आचार्य सुश्रुत ने की थी। ग्रंथ में लिखा है, 'विषकन्या के चुंबन या इनके साथ संभोग करने से पुरुष के शरीर में ज़हर फैल जाता है। जूं आदि इसके शरीर पर तुरंत मर जाती है, यही इसकी पहचान है।' कहा जाता है कि किसी कन्या को विषकन्या बनाने के लिए उसे भोजन में नमक नहीं दिया जाता था।

विषकन्या बनाने के लिए ऐसी बालिकाओं का चयन किया जाता, जो 'विषकन्या योग' में जन्म ले। इस योग में जन्म लेने वाली कन्याएं शादी के बाद अपनी पति की मौत का कारण बनती हैं।

पहली बार कब हुआ इस्तेमाल

३२२ ईसा पूर्व से १८७ईसा पूर्व के बीच मौर्य साम्राज्य के दौरान पहली बार इनका नाम आता है। राजा चंद्रगुप्त मौर्य के सलाहकार और महान कूटनीतिज्ञ चाणक्य की लिखी क़िताब 'अर्थशास्त्र' में बताया गया है कि कैसे विषकन्याओं का इस्तेमाल शक्तिशाली शत्रुओं की छलपूर्वक हत्या करने के लिए किया जाता था।

कहा जाता है कि चाणक्य ने कई बार महाराजा चंद्रगुप्त की विषकन्याओं से रक्षा की। संस्कृत के ऐतिहासिक नाटक 'मुद्राराक्षस' में भी विषकन्याओं की बात की गई है। इस नाटक की रचना विशाखदत्त ने की थी। नाटक के मुताबिक, एक बार नंद वंश के सम्राट धनानंद ने चंद्रगुप्त के पास एक रूपवती स्त्री को भेजा। चंद्रगुप्त उस पर मोहित हो गए, लेकिन जैसे ही चाणक्य ने उस स्त्री को देखा वह समझ गए कि यह विषकन्या है।

उन्होंने चंद्रगुप्त के साथी राजा पर्वत्तक से कहा कि इस रूपवती स्त्री को आप स्वीकार करें। राजा पर्वत्तक चंद्रगुप्त मौर्य की टक्कर का था। जैसे ही उसने विषकन्या को छुआ, विषकन्या के हाथ में लगे पसीने से पर्वत्तक के शरीर में ज़हर फैल गया और आखिरकार उसकी मृत्यु हो गई।

इस घटना के बाद चाणक्य ने चंद्रगुप्त को विषकन्याओं के विष से बचाने के लिए भोजन में थोड़ा-थोड़ा ज़हर देना शुरू किया। धीरे-धीरे विष की मात्रा बढ़ानी शुरू कर दी, ताकि राजा का शरीर इम्यून हो जाए और विषकन्या के विष का उन पर कोई असर न पड़े।

'मुद्राराक्षस' के अलावा बारहवीं सदी के 'कथासरितसागर' में भी विषकन्या का अस्तित्व मिलता है। एक और संस्कृत ग्रंथ 'शुभवाहुउत्तरी कथा' की राजकन्या कामसुंदरी भी एक

विषकन्या कही जाती हैं। इसी तरह हिंदुओं के पौराणिक धर्मग्रंथ 'कल्कि पुराण' में चित्रग्रीवा नाम के एक गंधर्व की पत्नी सुलोचना को विषकन्या बताया गया है।

इन खूबसूरत और रहस्यमयी किरदारों से विदेशी पन्ने भी भरे पड़े हैं। पर्शियन और ग्रीक वंश से ताल्लुक रखने वाले मिथरिडेट्स द ग्रेट पोंटस साम्राज्य के बादशाह थे। उनके शरीर पर भी ज़हर का असर नहीं होता। उन्होंने ख़ास अपने लिए ६५ सामग्रियों को मिलाकर एक ऐन्टिडोट तैयार किया था।

कहा जाता है कि मिथरिडेट्स की मां उनके दूसरे भाई को राजगद्दी देना चाहती थी। इसलिए उन्हें मारने के लिए मां ने खाने में थोड़ा-थोड़ा ज़हर देना शुरू किया। जब मिथरिडेट्स को यह बात पता चली तो वह जान बचाने के लिए जंगल में भाग गए।

वहां रहकर उन्होंने कम मात्रा में ज़हर खाना शुरू किया, ताकि उनके शरीर पर किसी ज़हर का असर न हो। इसके बाद उन्होंने अलग- अलग तरह के ज़हर और कुछ अन्य औषधियां मिलाकर एक ऐन्टिडोट तैयार किया, जिसे उनका ही नाम दिया गया, 'मिथरिडेट'।

अरस्तु ने अपने शिष्य अलेक्जेंडर द ग्रेट को लिखी सीक्रेट चिट्ठियों 'सीक्रेटम सीक्रेटोरम' यानी 'रहस्यों के रहस्य' में उन्हें विषकन्याओं के प्रति आगाह किया है। अरस्तु उन्हें भारतीय राजाओं द्वारा दिए जाने वाले बेशक़ीमती तोहफों और सुंदर महिलाओं पर भरोसा न करने की हिदायत देते हैं।

वह अलेक्जेंडर को उन भारतीय राजाओं की दास्तां से सीखने को कहते हैं, जिनकी मौत ज़हर से हुई। वह कहते हैं, भारतीय राजाओं द्वारा भेजी गई उन सुंदर स्त्रियों से सावधान रहना, जिन्हें वे विष पिलाकर एक ज़हरीली नागिन जैसा बना देते हैं। कहा जाता है कि अलेक्जेंडर की मौत ऐसी ही एक विषकन्या के हाथों हुई थी, जिसे पोरस ने उनके पास तोहफे के रूप में भेजा था।

पौराणिक धर्मग्रंथों से होते हुए भारतीय और विदेशी साहित्य में शामिल हुईं विषकन्याएं धीरे-धीरे लोककथाओं का हिस्सा बन गईं। लेकिन एक ही साथ इतने सारे भारतीय और विदेशी ग्रंथों में इनकी भूमिका इनके अस्तित्व को लेकर सोचने पर मजबूर ज़रूर कर देती है।

कुंडली के अंदर बहुत सारे योग बनते हैं जिनमें से कुछ अच्छे होते हैं तो कुछ बुरे होते हैं। ज्योतिष विद्या एक विज्ञान के तरीके से कार्य करती है। यह हमें बताती है कि भविष्य में आने वाली परेशानियों से किस तरीके से बचा जा सकता है। ज्योतिष शास्त्र में बहुत सारे अच्छे योग का भी जिक्र किया गया है जो कि भाग्य बदल देने वाले होते हैं। अच्छे योग की बात करें तो गजकेसरी योग, राजयोग, हंस योग, बुधादित्य योग, छोटे बड़े कई शुभ फलदायक योग बनते हैं लेकिन वहीं दूसरी तरफ कुंडली में कुछ बुरे योग का भी निर्माण होता है जिनमें पितृदोष, ज्वालामुखी, विषकन्या योग, मांगलिक योग, कालसर्प योग जैसे अशुभ योग भी शामिल हैं जो कि व्यक्ति के लिए कष्टदायक साबित होते हैं।

आज हम बात कर रहे हैं कुंडली में बनने वाले विषकन्या योग की। कई बार इस तरीके की कुंडली व्यक्ति के लिए बर्बादी का भी कारण बन जाती है। ना सिर्फ यह योग स्वयं के लिए बल्कि परिवार के दूसरे व्यक्तियों के लिए भी काफी घातक बताये गए हैं। तो आइए जानते हैं कि कैसे और कब विषकन्या योग का निर्माण हो जाता है-

अशुभ योगों में विषकन्या योग सबसे प्रमुख बताया गया है। जैसा कि इसके नाम से ही ज्ञात हो जाता है कि ये योग विष के समान होता है। कुंडली में मौजूद विषकन्या योग जातक के वैवाहिक जीवन में अशांति उत्पन्न करता हुआ नजर आता है। यह एक ऐसा योग है जो दांपत्य जीवन में हानि पहुंचाता है, इससे बचने के लिए विवाह से पहले वर-वधू की कुंडली विद्वान ज्योतिषी के द्वारा जरूर दिखाई जानी चाहिए। विषकन्या योग जातक को पतिहीन, संतानहीन, संपत्तिहीन आदि अशुभ फल देता हुआ नजर कुंडली के अंदर यदि शनि लग्न में सूर्य पांचवे भाव में नवम भाव में मौजूद हो तो विषकन्या योग का निर्माण होता हुआ नजर आता है।

दूसरी स्थिति देखें तो कुंडली के लग्न या फिर प्रथम भाव में पाप ग्रह मौजूद हो दूसरी तरफ कुंडली के अंदर अच्छे ग्रह छठे आठवें और बारहवें भाव में बैठे हो तो भी विषकन्या योग बनता हुआ नजर आता है।

तीसरी स्थिति में देखें कि यदि कुंडली में छठे स्थान पर कोई पाप ग्रह एक या एक से अधिक शुभ ग्रहों के साथ युति बनाए हुए हैं तो भी विषकन्या योग बनता हुआ दिखता है।

इसके अलावा किसी स्त्री की जन्म कुंडली के सातवें भाव में पापी ग्रह बैठा हुआ है और उसके ऊपर कोई दूसरा कोई पापी ग्रह दृष्टि डाल रहा है तो भी विषकन्या योग बन जाता है।

कुछ परिस्थितियों में विषकन्या योग खत्म भी हो जाता है-

जैसे कि यदि कुंडली में सप्तमेश सातवें भाव के स्वामी अच्छी शुभ स्थिति में मौजूद हो या फिर सप्तम भाव गुरु की दृष्टि से जुड़ा हुआ हो तो विषकन्या दोष दूर हो जाता है।

यदि जन्म कुंडली में विषकन्या योग बन रहा है लेकिन लग्न या लग्न से सप्तम भाव में कोई शुभ ग्रह बैठा हुआ है या दृष्टि संबंध बना रहा है तो विषकन्या दोष दूर होता हुआ नजर आ जाता है।

हालांकि ऐसा भी कहा जाता है कि ऐसा होने के बावजूद भी स्त्री या लड़की की कुंडली से विषकन्या दोष है जो आपको लगता है कि ऊपर बताई स्थिति में ख़त्म हो रहा है उसके बावजूद भी उपाय करा ले। लेकिन क्या आप जानते हैं कि ये असल जिंदगी में भी होती है। ज्योतिषशास्त्र में इसको अशुभ माना गया है। यह योग किसी कन्या की कुंडली में ग्रह नक्षत्रों की स्थिति से होता है। ऐसा माना जाता है कि जिस लड़की की कुंडली में यह योग होता है उसे जीवन में कई कठिनाइयों और परेशानियों का सामना करना पड़ता है। विषकन्या जैसा इसका नाम होता है उसी तरह यह योग जहरीला होता है। जीवन में जब भी सुख आने लगता है तो उसमें विष घोल देता है। मतलब जीवन में परेशानियां आने लगती है। ऐस्ट्रॉलजर आरती

दहिया के मुताबिक यह विषकन्या योग कैसा बनता है और इस योग के होने पर कौन से उपाय करने से इससे छुटकारा पाया जा सकता है।

अशुभ मांगलिक योग, कालसर्प योग, केमद्रुम, जैसे अशुभ योगों में विषकन्या योग भी शामिल होता है। सभी अशुभ योगों में से विषकन्या योग को सबसे ज्यादा अशुभ माना जाता है। इस योग का प्रभाव सबसे ज्यादा वैवाहिक जीवन पर पड़ता है। इसलिए विवाह के समय इस योग की जांच जरूर करनी चाहिए जिससे शादी में कोई बाधा नहीं आए।

विषकन्या योग जीवन में बहुत नेगेटिविटी लेकर आता है। इस योग से पीड़ित कन्याओं के जीवन में अशुभ होता है। ऐसी कन्याओं के संपर्क में आने वाले लोगों के जीवन में अशुभ होने लगता है।

कहा जाता है कि-वटसावित्री व्रत रखने से विषकन्या योग दूर होता है।

-ऐसा माना जाता है कि पीड़ित कन्याओं का विवाह होने से पहले उनका विवाह कुंभ, श्रीविष्णु, पीपल या बेर के पेड़ के साथ कराने से इस योग का प्रभाव कम हो जाता है।

-इस योग से छुटकारा पाने के लिए सर्वकल्याणकारी "विष्णुसहस्त्रनाम" का पाठ करना चाहिए।

-गुरु बृहस्पति की आराधना करने से भी विषकन्या योग में कमी आती है।

अशुभ मांगलिक योग, कालसर्प योग, केमद्रुम, जैसे अशुभ योगों में विषकन्या योग भी शामिल होता है। सभी अशुभ योगों में से विषकन्या योग को सबसे ज्यादा अशुभ माना जाता है। इस योग का प्रभाव सबसे ज्यादा वैवाहिक जीवन पर पड़ता है। इसलिए विवाह के समय इस योग की जांच जरूर करनी चाहिए जिससे शादी में कोई बाधा ना आए।

वैदिक ज्योतिष में तिथि, वार एवं ग्रह-नक्षत्रों के संयोगों से बनने वाले शुभ योगों की संख्या हजारों में है, जिनमें गजकेशरी, हंस, भद्र, मालब्य एवं रुचक जैसे कई बड़े शुभ फलदायी योग आते हैं। उसी प्रकार इन्हीं संयोगों द्वारा वैधव्य, वंशनाशक, ज्वालामुखी एवं विषकन्या जैसे अति अशुभ योग भी बनते हैं। अंतर ये रहता है कि इन संयोगों द्वारा बनने वाली युति शुभ है या अशुभ। जिस प्रकार शुभता में 'गजकेशरी योग' सर्वोपरि है, उसी प्रकार अशुभता में 'विषकन्या योग'। इन योगों का प्रभाव इनके नाम के अनुरूप ही रहता है। जन्म के समय किसी भी जातक अथवा जातिका की जन्मकुंडली में यदि 'विषकन्या' या 'विषपुरुष योग' बना हो तो विवाह के समय इसकी गहनता से जांच करा कर उपाय करा लेना चाहिए, अन्यथा दाम्पत्य जीवन में हानि तय रहती है। इन योगों को साधारण से साधारण विद्वान भी बता सकते हैं। इनमें भद्रा तिथियों 'द्वितीया सप्तमी' एवं द्वादशी तिथियों में जन्म लेने वाली कन्याओं का विचार अवश्य करना चाहिए। किसी भी कन्या के जन्म के समय यदि रविवार का दिन हो, द्वितीया तिथि पड़ रही हो व आश्लेषा या शतभिषा नक्षत्र हों तो इन योगों के मध्य जन्म लेने वाली कन्या को 'विषकन्या योग' में उत्पन्न माना गया है।

इसी प्रकार यदि कन्या के जन्म के समय द्वादशी तिथि हो, रविवार का दिन हो, कृतिका,

विशाखा या शतभिषा नक्षत्र हों तो भी 'विषकन्या योग' बनता है। अन्य संयोगों, जैसे- सप्तमी तिथि हो, मंगलवार का दिन हो, आश्लेषा, बिशाखा या विशाखा नक्षत्र हों, तब भी 'विषकन्या योग' होता है। जब सप्तमी या द्वादशी तिथि को शनिवार का दिन हो और कृतिका नक्षत्र हो तो उसमें जन्म लेने वाली कन्या की कुंडली में 'विषकन्या योग' बनता है। जब शतभिषा नक्षत्र हो, मंगलवार का दिन हो और द्वादशी तिथि हो तो इस योग में भी जन्म लेने वाली कन्या 'विषकन्या' होती है। इस योग में जन्मी कन्या पति के लिए तो कष्टकारक होती ही है, ससुराल के अन्य सदस्यों के लिए भी अशुभ होती है।

इतिहास एवं वैदिक ग्रंथों के अनुसार प्राचीनकाल में बड़े-बड़े राजा अपने शतुओं का छलपूर्वक अंत करने के लिए वास्तविक 'विषकन्या' का प्रयोग किया करते थे।

हम में से बहुत सारे लोग ऐसे होते हैं। जिनकी कुंडली में विष योग, विषकन्या योग या अश्वगंधा योग होता है। जब तक लोगों की जिंदगी में ऐसा कोई योग रहता है। तब तक उनके जीवन के हर कार्य में रुकावट आती रहती है।

अगर आपकी कुंडली में भी ऐसा कोई विष योग है तो आप नागपंचमी पर उसे दूर कर सकते हैं। इस तरह के दुर्योगों को दूर करने के लिए यह सबसे अच्छा दिन माना जाता है।

अगर किसी स्त्री की जन्मपत्रिका में लग्न और केन्द्र में पाप ग्रह हो। साथ ही समस्त शुभ ग्रह शतु क्षेत्री या षष्ठ, अष्टम और द्वादश स्थानों में हो तो विषकन्या योग बनता है। साथ ही शनि प्रथम भाव में, सूर्य पंचम भाव में और मंगल नवम भाव में हो तो भी 'विषकन्या' योग बन जाता है। अगर किसी स्त्री का जन्म रविवार, मंगलवार और शनिवार को या २, ७, १२ तारीख को हुआ हो तो भी विषकन्या योग बनता है।

गोचर में जब शनि चंद्र के ऊपर से या जब चंद्र शनि के ऊपर से निकलता है तब विष योग बनता है। जब भी चंद्रमा गोचर में शनि अथवा राहु की राशि में आता है विष योग बनता है। कर्क राशि में शनि पुष्य नक्षत्र में हो और चंद्रमा मकर राशि में श्रवण नक्षत्र में हो अथवा चन्द्र और शनि विपरीत स्थिति में हों और दोनों अपने-अपने स्थान से एक दूसरे को देख रहे हों तो तब भी विष योग बनता है।

कहते है कि नागपंचमी पर उपवास करके शाम को अन्न ग्रहण करें। नागों की पूजा करने के लिए उनके चित्र या मूर्ति को लकड़ी के पाट के उपर स्थापित करके पूजन किया जाता है। शिव और पार्वती के चित्र या मूर्ति के साथ ही नाग पूजा करें। नाग के चित्र या मूर्ति पर हल्दी, कंकू, रोली, चावल और फूल चढ़कर पूजा करते हैं और उसके बाद कच्चा दूध, घी, चीनी मिलाकर नाग मूर्ति को अर्पित करते हैं। जब आप पूजन कर लें तो सर्प देवता की आरती उतारी जाती है।

माथे पर चंदन का तिलक जरूर लगाएं

अंत में नाग पंचमी की कथा अवश्य सुनते हैं और श्रीसर्प सूक्त का पाठ करें।

इसके बाद 'ऊं कुरु कुल्ले फट् स्वाहा' का जाप करते हुए घर में सभी जगह जल छिड़कें।

नाग पंचमी के दिन श्रीमद भागवत पुराण और श्री हरिवंश पुराण का पाठ करवाएं। माथे पर चंदन का तिलक लगाएं। घर में चारों दिशाओं में कर्पूर जलाएं। कर्पूर जलाने से देवदोष व पितृदोष का शमन होता है। ऐसे शिव मंदिर में जहां शिवलिंग पर नाग मूर्ति विराजमान न हो तो प्रतिष्ठा करवाकर नाग चढ़ाएं। नाग पंचमी इसके लिए विशेष दिन होता है।

वैदिक ग्रंथों में उल्लेख मिलता है कि बड़े-बड़े राजा अपने शत्रुओं का छलपूर्वक अंत करने के लिए वास्तविक 'विषकन्या' का प्रयोग किया करते थे। जिनका चुनाव बचपन से ही किया जाता है। किस कन्या को विषकन्या बनाया जा सकता है यह उसकी कुंडली से पता चलता था।

ये तो हुई प्राचीन काल की बात लेकिन वर्तमान में यदि आप किसी लड़की या किसी लड़के से विवाह करने वाले हैं तो यह जान लेना बहुत जरूरी है कि लड़का 'विषपुरुष' या लड़की 'विषकन्या' तो नहीं?

दरअसल इस बात का पता लगाया जा सकता है। यदि जन्म के समय लड़की या लड़के की जन्मकुंडली में यदि 'विषकन्या' या 'विषपुरुष योग' बना हो तो विवाह के समय इस दोष की जांच-परख कर लेनी चाहिए। यदि ऐसा नहीं करते हैं तो दाम्पत्य जीवन में हानि हो सकती है। ऐसे में आप किसी विद्वान ज्योतिषी की मदद ले सकते हैं।

विवाह पूर्व भद्रा तिथियों द्वितीया सप्तमी एवं द्वादशी तिथियों में जन्म लेने वाली कन्याओं का विचार अवश्य करना चाहिए। किसी भी कन्या के जन्म के समय यदि रविवार का दिन हो, द्वितीया तिथि पड़ रही हो व आश्लेषा या शतभिषा नक्षत्र हों तो इन योगों के मध्य जन्म लेने वाली कन्या को ज्योतिष में 'विषकन्या योग' में माना

अन्य संयोगों जैसे: सप्तमी तिथि हो, मंगलवार का दिन हो, आश्लेषा, बिशाखा या विशाखा नक्षत्र हों, तब भी 'विषकन्या योग' होता है। जब सप्तमी या द्वादशी तिथि को शनिवार का दिन हो और कृतिका नक्षत्र हो तो उसमें जन्म लेने वाली कन्या की कुंडली में विषकन्या योग बनता है। जब शतभिषा नक्षत्र हो, मंगलवार का दिन हो और द्वादशी तिथि हो तो इस योग में भी जन्म लेने वाली कन्या विषकन्या होती है।

यदि ऐसी लड़की जिसकी कुण्डली में विषयोग निर्मित हुआ हो, उसके जन्मचक्र में सप्तम स्थान को शुभ ग्रह देख रहे हों अथवा सप्तमेश सप्तम भाव में ही बैठा हो तो इस कुयोग का प्रभाव सीमित हो जाता है। यदि जातिका की कुण्डली में विषकन्या योग के साथ ही गजकेसरी योग भी बन गया हो तो ऐसी दशा में विषकन्या योग का प्रभाव उसकी जिंदगी को प्रभावित नहीं करेगा।

विषकन्या नाम से ही पता चलता है कि यह वह लड़कियां रहतीं होगीं जिनका विष से कोई ना कोई संबंध होता होगा। प्राचीन काल में राजा महाराजा इन सुंदर कन्याओं का उपयोग इन लोगों का भेद जानने के लिए किया करते थे जिन्हें वह सीधे टक्कर नहीं दे सकते थे।

वैदिक साहित्य में विषकन्याओं का उल्लेख मिलता है। विषकन्या जासूसी के कार्य किया

करती थीं। वैदिक ग्रंथों को आधार मानें तो विषकन्या का प्रयोग राजा अपने शतु का छल पूर्वक अंत करने के लिए भी किया करते थे।

वह रूपवती होतीं थीं जिन्हें बचपन से ही विष की अल्प मात्रा देकर बड़ा किया जाता था और विषैले वृक्ष तथा विषैले प्राणियों के संपर्क से उसको अभ्यस्त किया जाता था। इसके अतिरिक्त उसको संगीत और नृत्य की भी शिक्षा दी जाती थी। विषकन्या का श्वास विषमय होता था।

बारवि शताब्दी में रचित 'कथासरितसागर' में विषकन्या के अस्तित्व का प्रमाण मिलता है। सातवी सदी के नाटक 'मुद्राराक्षस' में भी विषकन्या का वर्णन है। 'शुभवहूत्तरी कथा' नामक संस्कृत ग्रंथ की राजकन्या कामसुंदरी भी एक विषकन्या थी।

१६ वी सदी में गुजरात का सुल्तान महमूद शाह था। उस समय के एक यात्री भारथेमा ने लिखा है कि, महमूद के पिता ने कम उम्र से ही उसे विष खिलाना शुरू कर दिया था ताकि शतु उस पर विष का प्रयोग कर उस पर नुकसान न पहुंचा सके। वह कई तरह के विषों का सेवन करता था। वह पान चबा कर उसकी पीक किसी व्यक्ति के शरीर पर फेंक देता था तो उस व्यक्ति की मृत्यु सुनिश्चित ही हो जाती थी?

उसी समय का एक अन्य यात्री वारवोसा लिखता है कि, सुल्तान महमूद के साथ रहने वाली युवती की मृत्यु निश्चित थी। इतिहास में दूसरे विष पुरुष के रूप में नादिरशाह का नाम आता है। कहते हैं उसके श्वास में ही विष था। विषकन्याओं की तरह विषपुरुष इतने प्रसिद्ध नहीं हुए।

अवतरण - ३

विषकन्या का जिक्र चंद्रगुप्त मौर्य के जीवन में भी आता है। धनानंद नाम के राजा ने एक विषकन्या को चंद्रगुप्त मौर्य की जान लेने के लिए भेजा था। लेकिन चंद्रगुप्त के पास उनके गुरु चाणकय थे जिनकी बुद्धि का जवाब ही नहीं था। उन्होंने देखते ही पहचान लिया था कि यह लड़की एक विषकन्या हैं। चाणक्य ने उस विषकन्या को पकड़वा दिया था। उसकी जान बख्शने के बदले में चाणक्य ने उस विषकन्या को दूसरे राजा को मारने के लिए भेज दिया था।

अब चाणक्य को चंद्रगुप्त की चिंता हुई और उन्होंने चंद्रगुप्त को हमेशा के लिए विषकन्याओ से बचाने के लिए उन्हें धीरे-धीरे खाने म जहर दी शुरू कर दिया था। इसकी बजह से चंद्रगुप्त खुद एक विषपुरुष बन गए थे और उन्हें जीवन में किसी भी विष से कोई परेशानी नहीं हुई। लेकिन इस प्रयोग की वजह से स्वयं चंद्रगुप्त को भारी दुख भी झेलना पड़ा था। दरहसल चंद्रगुप्त को पता ही नहीं था चाणक्य ने उन्हें विषपुरुष बना दिया हैं।

एक दिन खाना खाते समय महारानी ने चंद्रगुप्त का जुटा निवाला खा लिया था और उसी दिन उनकी मौत हो गई थी। जिस समय रानी की मौत हुई वह गर्भवती थी। लेकिन बच्चे की जान बच गई थी। वहीं आगे चलकर बिंदुसार बना।

इसके अलावा विषकन्या का जिक्र मगध साम्राज्य में भी सामने आता है, जब नंदवंश के ससंथापक महा पद्म नंद ने शिशुंगवंश के काले सोक को मारने के लिए एक बेहद खूबसूरत विषकन्या को भेजा था और उनकी जान ले ली थी। विषकन्याओ के आधार पर कई फिल्मे और टीवी सीरियल्स भी बनाए गए हैं और कल के पुराण में भी इनका वर्णन मिलता हैं।

अवतरण - ४

मैं आपको एक और विषकन्या का अवतरण सुनती हूँ जो है बावड़ी कि विषकन्या जिसके बारे में सुन आज भी लोग काँप उठते है

बाजनामठ मोड़ से ठीक पहले मुख्य मार्ग पर स्थित विषकन्या की बावड़ी का आकर्षण आज भी लोगों के कदम रोक देता है। बावड़ी के चारों तरफ नक्काशीदार सीढ़ियां बनी हुई हैं। बीच में एक परकोटा है, जिसमें बैठने व स्नान आदि के लिए अलग-अलग स्थान बने हुए हैं। विशाल पत्थरों से बनी इस बावड़ी के समीप काल भैरव का एक मंदिर और अखाड़ा भी है, जो अब भी युवाओं को यहां खींच लाता है। यह बात अलग है कि पुरातत्व विभाग का इस ओर बिल्कुल ध्यान नहीं है। विरासत उपेक्षित नजर आ रही है।

बावड़ी देखने में जितनी खूबसूरत है, इसकी कहानी भी इतनी ही रोचक है। इतिहासकार राजकुमार गुप्ता बताते हैं कि कहानी गुजरात से शुरू होती है। करीब ११ वीं शताब्दी में यहां कुमार पाल नामक राजा का राज्य था। इसका विस्तार जबलपुर तक था। राजा का बहनोई कृष्णदेव सेना का नेतृत्व किया करता था। सेनापति कृष्णदेव को राज्य की ही एक बेहद खूबसूरत नर्तकी नीलमणि से कृष्णदेव को प्रेम हो गया। नील मणि के प्यार में वह इतना दीवाना हो गया कि कुमारपाल की बहन की सुध ही भुला दी।

नीलमणि और कृष्णदेव के बीच प्रेम प्रसंग की बात ज्यादा दिन तक छिपी नहीं रह सकी। बहनोई की इस हरकत पर राजा कुमारपाल को बेहद क्रोध आया। उसने नीलमणि और अपने बहनोई को जान से मारने का आदेश दे दिया। इतिहासकार बताते हैं कि एक दिन सैनिकों को नीलमणि व कृष्णदेव, आरामगाह में मौजूद दिखाई दिए। सैनिकों ने घेराबंदी कर ली। कृष्णदेव को मौत के घाट उतार दिया, लेकिन नीलमणि जैसे-जैसे वहां से जान बचाकर भाग निकली और

जाबालिपुरम् यानी जबलपुर आकर यहां वर्तमान के मेडिकल कालेज के समीप एक बावड़ी के पास बनी गुफा में छिपकर रहने लगी।

बताया गया है कि यहां गुफा में रहते हुए नीलमणि ने राजा से बदला लेने की योजना बनाई। उसका शरीर प्रतिशोध से जल रहा था। इस वक्त नीलमणि गर्भवती थी। उसने शिशु के रूप में कृष्णदेव की याद को सदा जीवंत रखने का मन बनाया और कुछ समय बाद खूबसूरत कन्या को जन्म दिया। और इसका नाम बेला रखा।

बेटी के जन्म के बाद ही नीलमणि धीरे-धीरे उसे सांप का जहर देना शुरू करती है। बड़ी होते-होते वह जहर की आदी हो गई। नीलमणि ने पूरी योजना के तहत उसे राजा कुमार पाल के पास भेजा। बेला की सुंदरता व भाव-भंगिमाओं पर राजकुमार फिदा हो जाता है। दोनों के बीच प्रेम कहानी चल पड़ती है। एक रात बेला के संपर्क में आने के बाद कुमार पाल की मौत हो गई। बेला ने कई दुश्मनों से इसी तरह बदला लिया। लोगों को वर्षो बाद में पता चला कि बेला सामान्य लड़की नहीं बल्कि विषकन्या है। सभी उससे डरने लगे और उसे विषकन्या का नाम दे दिया। चूंकि बेला अपनी मां के साथ इसी बावड़ी के परकोटे के समीप गुफा में रहती थी, इसलिए बावड़ी का नाम ही विषकन्या की बावड़ी हो गया। आज भी लोग यहां जाते हैं।

मध्ययुगीन काल में राजाओं के पास विषकन्याओं की एक टोली हुआ करती थी। विषकन्याओं के विषय में कहा जाता है कि उनको बचपन से विष का पान कराया जाता था जिसके असर से वह जहरली हो जाया करती थी। वहीं विषकन्याओं को मर्दो को रिझाने का प्रशिक्षण दिया जाता था ताकि वह अपनी शिकार से नजदीकी स्थापित कर उन्हे आसानी से मौत के घाट उतार सकें। ऐसा कहा जाता है कि राजा ऐसी खूबसूरत विषकन्याओं का प्रयोग दुश्मनों के खिलाफ अक्सर किया करते थे।

अवतरण - ५

आज के दौरान विषकन्या का कोई प्रमाण नहीं मिलता लेकिन लोगों की धारणा है की आज भी विषकन्या है। विषकन्या का नाम सुनते ही एक सम्मोनन, आकर्षण और धोखे का आभास होता है। आज भी कई लड़कियाँ है जो अपना मक़सद पूरा करने के लिए लड़कों या पुरुष का इस्तेमाल करती है और उनका सबकूछ नष्ट कर देती है, उनके भोले और कातिल रूप के सामने सब अपने घुटने टेक देते है।

पुरातन काल में विषकन्याओ को विशेष प्रक्रिया से तैयार किया जाता था उन्मे से कइयों के प्रमाण मिलते है। विषकन्या को तैयार तो किया जाता था किसी मक़सद को पूरा करने के लिए किंतु कभी कभी यह वार उल्टा पड़ जाता था। विषकन्या को बहुत ही सावधानी से रहना पड़ता था, उसका राज वह और उसको बनानेवाले ही जानते थे। विषकन्या को अपने ज़हर की पूर्ति समय समय पर करनी पड़ती थी। विषकन्या जब समूह में रहती तो उसे पहचान पाना बहुत मुश्किल था। उसका खानपान बिलकुल सामान्य लोगों से अलग था। विषकन्या को बचपन से ही कठोर होने का प्रशिक्षण दिया जाता था। उसे किसी से प्रेम करने की इजाज़त नहीं थी, उसका अपना कहने वाला कोई नहीं होता था। उसका अपना कोई परिचय नहीं होता था। उसक्र माँ, बाप, भाई, बहन कोई नहीं होता था। उसका नाम भी उसे बनानेवाला ही रखता था। उसे किसी से करीबी रिश्ता बनाने की इजाज़त नहीं थी।

प्राचीन काल की कहानियो में यह सुनने को आया है कि कुछ विषकन्याए प्यार में पड़ जाती थी और अपने प्रेम को बचाने के लिए बलिदान भी देती थी। विषकन्या जब जवान हो जाती थी तब तो और भी सतर्क रहना पड़ता था। विषकन्या का ज़हर कभी इतनी मात्रा में बढ़ जाता था कि वह उसके लिए भी हानिकारक हो जाता था। विषकन्या को रोज़ विष दिया जाता था, विष की पूर्ति के लिए उसके लिए विषैले जानवरो को लाया जाता था, जिनमे कई भयंकर विषैले जीव होते थे। विषकन्या इनके विष को सीधे अपने जीभ में डंक मरवाके ले लेती थी।

आज के दौरान में विषकन्या राजसी भेष में नहीं सामान्य रूप में घुली मिली हुई रहती है जिन्हें हम साधारण रूप से नहीं पहचान सकते है। आज भी अफ़्रीका के घने जंगलो के बीच कई आदिवासियों का कबीला है जिनकी जानकारी हमारे पास नहीं है क्यूँकि वहाँ तक कोई पहुँच नहीं पाया है, जिन्होंने भी कोशिश की होगी वे वापस नहीं लौटे।

उन लोगों का भी बाहरी दुनिया से कोई लगाव नहीं है। वहाँ के स्त्री पुरुष जनवरो का शिकार करते, बच्चे उन जंगली जनवरो के साथ पलते, कहा जाता है कि उनका शरीर भी काफ़ी विषैला होता है। उन्हें हर तरह के विष का ज्ञान होता है।

आज आप विषकन्या किसको कहेंगे ?विषकन्या को तैयार किया जाता था सर्वनाश करने के लिए तो इसका अर्थ हुआ अगर कोई स्त्री किसी भी पुरुष को फँसाये और उसको वहाँ तक ले जाए जाह से उसे वापस आना मुमकिन ना हो, उस पुरुष को अपने रूप रंग में ऐसे लपेटे जैसे चंदन के वृक्ष में विषैले सर्प लिपटे हुए रहते है। तो वह स्त्री किसी विषकन्या से कम नहीं होगी।

अवतरण - ६

मैं आपको आज के विषकन्या की कहानी सुनती हूँ। यह कहानी है एक ऐसे लड़के की जो पड़ाई करने और अपने माता पिता का सपना पूरा करने के लिए शहर आया हुआ था। उस लड़के का नाम रोहित था। रोहित देखने में बहुत ही सुंदर व आकर्षक था। उसका शरीर भी हष्टपुष्ट था। माता पिता का इकलौता पुत्र था। लेकिन शहर आते ही वह शहर के चकाचौंध में फँसता चला गया। वह अपने कॉलेज की एक लड़की के प्यार में ऐसा फँसा कि वो अपना उद्देश्य ही भूल गया। उस लड़की ने भी उसे अपने जाल में ऐसा फँसाया की वह अपना होश ही खो बैठा। लड़की का नाम विशाखा था प्यार से सब उसे विष कहते थे। विष के प्यार में रोहित डूबता गया ऐसा लगता था मानो विष ने उसे सम्मोहित कर दिया हो क्यूँकि विष जैसा कहती थी रोहित वैसा ही करता था। विशाखा को जब पैसों की ज़रूरत होती थी तब रोहित अपने गरीब माता पिता को झूठ बोलकर पैसे मँगवाता और विशाखा की मांग पूरी करता। विशाखा उसे अपनी उँगली पर नचाती थी। एक दिन तो उसके साथ बहुत बुरा हुआ। विशाखा और उसके कुछ दोस्तों ने एक पार्टी रखी जिसमें रोहित भी गया हुआ था। जहाँ नशे का इंतेज़ाम था, शराब की नदियाँ थी, किसिने रोहित के ड्रिंक में नशा मिला दिया था, और सुबह जब रोहित की आँख खुलती है तो वह अपने आपको होटल के कमरे में पाता हैं और उसके बग़ल में विशाखा फटे हुए कपड़ों में रहती है। रोहित उसे देख चौक जाता है तभी दरवाज़े की घंटी बजती है। रोहित जब दरवाज़ा खोलता है तो दरवाज़े में पुलिस को पाता है जो कि उसे गिरफ़्तार करने के लिए आते है। रोहित के पूछने पर उसे कहा जाता है कि उसे विशाखा के रेप करने के जुर्म में गिरफ़्तार किया जा रहा है। और उसकी कंप्लेंट विशाखा ने की थी। लेकिन रोहित को कुछ भी याद नहीं था। रोहित को कुछ बोलने का मौक़ा ही नहीं दिया गया और पुलिस उसे ले गयी। जब यह ख़बर रोहित के गाँव पहुँची तो सब लोग रोहित के माता पिता का अपमान करने लगे,

ज़्यादा दिनो तक वह अपमान ना सह सके, एक दिन दोनो ने गले में रस्सी डाल कर खुदकुशी कर ली।

माता पिता की मौत की खबर सुन रोहित पागल सा हो गया। धीरे धीरे उसे विशाखा की करतूतों और चालों का पता चला किंतु उसने विशाखा को नहीं अपने आपको ही क़सूरवार समझा, आज उसी की गलती के कारण उसके माता पिता नहीं रहे। रोहित को जेल से निकालने के लिए उसके दोस्तों ने काफ़ी मदद की यह वही दोस्त थे जिनकी बात वह कभी नहीं मानता था जब तक वह विशाखा के प्रेम में था। रोहित जेल से बाहर निकलता है तो बहुत कमजोर और मायूस था। रोहित के दोस्तों ने ही उसका ख़याल रखा। आज उसके पास उसका अपना कोई नहीं था। वह अपने माता पिता को मिस कर रहा था। विशाखा ने उसे झूठे केस में फँसाया था। पुलिस उसे ढूँढ रही थी लेकिन उसका पता नहीं लग रहा था।

रोहित जब गाँव से आया था कितना सीधा साधा था अपने लक्ष को प्राप्त करने आया था लेकिन एक लड़की के चक्कर में अपना सबकूछ खो दिया था अपने माँ बाप, अपनी इज़्ज़त सबकुछ। रोहित का दिल इस क़दर टूट गया था की उसने कई बार ख़ुदकुशी करने की कोशिश की थी। रोहित के दोस्तों ते उसे इस बवंडर से निकाला उसमें आत्मबल पैदा किया। रोहित ने अपने माता पिता के सपने को पूरा करने की कोशिश की।

वो कहते है ना अंत भला तो सब भला, रोहित के माँ बाप का सपना था कि वो एक डॉक्टर बने। रोहित ने बहुत मेहनत की और डॉक्टरी की परीक्षा पास की और एक डॉक्टर बन गया। समय के पास हर मर्ज़ की दवा है, लेकिन कुछ चीजें दिल और दिम्मग में ऐसे बैठती है की जाने का नाम नहीं लेती। विशाखा भी रोहित के ज़हन में ऐसे ही बैठ गयी थी जिसे रोहित चाहते हुए भी भूल नहीं पा रहा था।

इस कहानी के दौरान हम यही जान पाते है मारने के लिए या सर्वनाश करने के लिए कभी कबार विष की ज़रूरत नहीं पड़ती। कुछ हरकतें विष से भी ज़हरीली होती है। विष तो एक ही झटके में अपना काम कर देती है। लेकिन यह चाले धीरे धीरे मनुष्य को खतम कर देती है।

अवतरण - ७

आपको एक सत्य घटना से परिचय करवाती हूँ जिसका प्रमाण आज भी मिलता है

राजस्थान की विषकन्या जिसे ३४ बार सांप ने काटा फिर वह इतनी 'जहरीली' हो गयी कि अंतिम दफा 'कोबरा' ही खो बैठा सुध-बुध

चित्तौड़गढ़ जिले के सावा कस्बे को वैसे तो देश और दुनिया की जानी मानी सीमेंट निर्माता कंपनी अल्ट्राटेक ने एक नई पहचान दी है। खनन व्यवसायी स्वर्गीय शेरखान का ख्वाजा बाग भी लोगों के दिलो-दिमाग में छाया है। इन सबके बीच आज हम यहां की एक ऐसी महिला का जिक्र करने जा रहे हैं, जिन्हें यदि 'विषकन्या' की संज्ञा दे दी जाए तो अश्चर्य नहीं होगा। इसका कारण यह है कि इस महिला को दर्जनों दफे सांप ने काटा, लेकिन वो आज भी सही सलामत है।

इस विषकन्या का नाम है ब्रिज़बाला है जो कि चित्तोर गढ़ ज़िले के सावा क़स्बे की रहने वाली है। ब्रिज़बाला को किसी ने तैयार नहीं किया है। उसका शरीर विष को सहन करने वाला स्वयं ही बन गया है। उसे कई बार विषैले साँप ने काँटा। पहले तो ज़हर अपना असर दिखता था लेकिन ब्रिज़बाला स्वस्थ हो जाती थी, लेकिन धीरे धीरे उनके शरीर में ज़हर के ख़िलाफ़ उनके शरीर में ऐंटीबाडी बन गयी, साल में दो तीन बार साँप के काँटने की घटनायें हो जाती थी। लेकिन ब्रिज़बाला के शरीर में ज़हर का प्रभाव कम होने लगा, पहले तो घरवाले उसको गम्भीरता से लेते थे लेकिन धीरे धीरे वे भी इसको सामान्य ही मानने लगे।

ब्रिज़बाला के शरीर में ज़हर इतना फैल गया कि साँप भी उसे काटने के बाद अपना सूदबुद खो देता था, चलने फिरने के योग्य नहीं रहता था।

ब्रिज़बाला अपने परिवार के साथ रहती थी लेकिन साँप उन्हें ही काटता था। साँप के काँटने का कोई समय नहीं था कभी रसोई में तो कभी रात में सोते वक्त। परिवार के किसी के साथ यह घटना नहीं हुयी।

ब्रिज़बाला का कहना है कि उसे भी साँपो से डर लगता वह भी उनके डंक से सिहर उठती है। उनका कहना है कि जिस दिन विषैले साँप ने उसे काटा था और खुद ही बेहोश हो गया था और उसके पति ने उस साँप को बोरे में भरकर मार डाला फिर ब्रिज़बाला को हॉस्पिटल ले ज़ाया गया, चिकित्सा करते वक्त पता चला ज़हर का कोई असर ना हुआ लेकिन अहतियात के दौरान ऐंटीबॉडी स्नेक बाइट लगदी गयी। उस दिन के बाद ब्रिजबाला को किसी साँप ने नहीं काटा।

तो यह भी है विषकन्या लेकिन आज तक इन्होंने किसि का नुक़सान नहीं किया और जो अपने पति और बच्चों के साथ सुखी जीवन जी रही है। लेकिन इनका शरीर काफ़ी विषैला है जिसमें कई विषैले सर्पो का विष है। उनका शरीर ऐसा क्यू है शायद उनको भी नहीं ज्ञात है। आज भी लोग उन्हें विषकन्या का ही दर्जा देते है लेकिन उनके कर्म विषकन्या जैसे नहीं है और ना ही उनकी कुंडली में विषयोग है। उनका भरा पूरा संसार हैं जिसमें उनका पति और बच्चे है जो उन्हें बहुत ही प्यार करते है। ब्रिज़बाला एक सामान्य जीवन जी रही है।

अवतरण - ८

ऐसी ही एक लड़की है जिसका नाम ज्योति है जो हरियाणा की है जिसके पिता सँपेरे है तो साँपों से उनका मिलना जुलना रहता है। बचपन से ही उसने अपने पिता को साँपो के साथ खेलते हुए देखा है इसलिए उस बच्ची का भी साँपों के साथ एक अलग सा रिश्ता बन गया था तो वह भी अपने पिता के साथ साँपो को पकड़ती थी। साँप अगर काटे तो उसका उपचार खुद ही कर लेती थी। बचपन से ही उसे विष लेने की आदत हो गयी जो उसे नशा देता था। जब सभी गाँव वालों को उसकी सच्चाई का पता चला तो सबने उसे विषकन्या बुलाने लगे। सब उससे डरने लगे। वह बच्ची किसीको नुक़सान नहीं पहुँचाती थी लेकिन विविषकन्या का नाम सुनते ज़हन में डर दौड़ने लगता है। गाँव वालों ने उनको गाँव छोड़ने का आदेश दे दिया। रातों रात ही सँपेरे को अपनी बेटी के साथ गाव को छोड़ देना पड़ा। आज वे कहाँ है ? कैसे है ?उस लड़की का क्या हुआ एक सवाल बनकर ही रह गया।

ज्योति के पिता चंद्रसेन कश्यप अपनी बेटी को विषकन्या कहे जाने के बारे में बताते थे "कुछ बरस पहले जब हमारे पास साँप पकडने के बाद उन्हें रखने के लिए कोई जगह नहीं थी तो साँप घर में डिब्बों में रखे रहते थे। ऐसे में एक दिन एक लंबा अजगर (पायथन) घर में रखा हुआ था और उनकी बिटिया उसे गले में लेकर घूमने लगी। "जब लोगों ने देखा तो वे हैरान रह गए और देखा-देखी किसी ने तस्वीर ले ली। फिर अखबार में छप गया कि उनकी बेटी विषकन्या है।

इस घटना के बाद ज्योति के घर पर लगे लैंडलाइन फोन पर कई लोगों के फोन आना शुरू हो गए। ये लोग विषकन्या से बात करना चाहते थे और उसके बारे में जानना चाहते थे। चंद्रसेन कश्यप कहते हैं, "ये सब इतना परेशान करने वाला था। उन्होंने लोगों के हाथ जोडे और मिन्नतें की। उन्होंने लोगों को समझाने की कोशिश की कि उनकी बेटी कोई विषकन्या या नागकन्या नहीं है, लेकिन किसी ने उनकी बात नहीं मानी।"

विषकन्या एक मोहिनी होती है। प्राचीन काल में प्राचीन ग्रंथों में भी विषकन्या का उल्लेख मिलता है। १२ शताब्दी मे रचित 'कथासरितसागर' में विषकन्या का उल्लेख मिलता है। नंद वंश के राजा मलक्यूत को मरने के लिये चाणक्य ने विषकन्या का प्रयोग किया था। चंद्रगुप्त मौर्य ने राज्याभिषेक के लिए एक आयोजन प्रस्तुत किया था, जिसमें नाचने के लिए कुछ नृत्यानग्नाओं को बुलाया था, उनमें से छिपकर एक विषकन्या भी आ गई थी, बहुत ही खूबसूरत कन्या थी। विश्व कन्या का नृत्य देखकर मलक्यूत्त उस पर बहुत आसक्त हो गये। चाणक्य ने कहा यह कन्या आपको अकेले मे नृत्य दिखाएगी, फिर मलक्यूत उस कन्या के साथ अंदर गये और वह उनको अपने जहर से डास दिया और उनकी मौत होगई। विषकन्या शतु को मारने के लिए खाने में अपनी लार ज़हर के साथ मिला देती थी, जिससे शतु की मौत हो जाती थी। विषकन्या अपने शतुयों खत्म करने के लिये कई रूप धारण कर लेती थी और उस पर कोई शक नहीं करता था।

किसी भी प्राणी को शारीरिक या मानसिक रूप से नुक्सान पहुंचाने के लिए जो व्यक्ति जहर देता है वह विषदाता कहलाता है किसी की हत्या करने के प्रयोजन से विष/जहर देना अपराध है। आचार्य सुशुत के अनुसार विषदाता के निम्नलिखित लक्षण है।

मनुष्य के संकेत या इशारों को समझने वाला चतुर, बुद्धिमान मनुष्य वाणी, चेष्टा, मुख के भाव आदि से विष देने वाले व्यक्ति या विषदाता को पहचान लेता है। यदि विष देने वाले व्यक्ति से प्रारंभिक काल में पूछा जाये तो वह उत्तर नहीं देता है, बोलने की इच्छा करने पर वह घबन जाता है। पूछने पर व्यर्थ की बातें करता है। अपने आपको मुर्ख जैसा प्रदर्शित करता है, बिना बात के हँसता रहता है उसका शरीर डर के कारण कंपता है कभी कभी वह डर से इधर उधर देखता है। उसका मुख उतरा रहता है बार बार अपने हाथों से सिर के बाल सहलाता रहता है। वह दौड़ने का प्रयास करता है जाते समय वह पीछे मुड़कर देखता रहता है कि कोई उसको पकड़ने के लिए तो नहीं आ रहा है।

ये सभी लक्षण व्यक्ति के अपराध बोध के कारण उत्पन्न मानसिक दुर्बलता से होता है।

आचार्य चरक के अनुसार जो मनुष्य किसी को विष देने आता है उसको इस बात का भय रहता है कि वह पकड़ा न जाये। वह या तो अपने अपराध को छुपाने के लिए बहुत बोलता है या थोड़ा बोलता है उसके मुख का रंग उड़ा होता है।

विषकन्या के निम्नलिखित लक्षण होते है।

1. विषकन्या के माथे पर पुष्प या कोमल पत्र रखने पर वह मुरझा जाते है।
2. उसकी शय्या (चारपाई) के खटमल, जुएँ और कीट मर जाते है।
3. उसके स्नान के जल से मक्खियां और मच्छर मर जाते है।
4. विषकन्या जिसको भी स्पर्श करती है उसकी मृत्यु हो जाती है।

विषकन्या का प्रयोग प्राचीन काल में व्यापक रूप में युद्धों में होता था विषकन्या का प्रयोग अनेक युद्धों में करने का वर्णन मिलता है।

अन्न प्राणियों के प्राण है। यदि इसमें विष मिला हो तो ये प्राणो का नाश कर देता है। कुछ लोग आहार द्रव्यों के प्रति बड़े स्वेदनशील होते है विष वाले द्रव्यों के सेवन से उसी समय लक्षण उत्पन्न होने लगते है। जिसके कारण उन्हें वमन अतिसार आदि होने लगते है सिर चकराता है।

विष मिश्रित अन्न को खाने से मक्खियां और कौवे मर जाते है। ऐसे अन्न को आग पर डालने से चट चट शब्द अधिक बार होता है। आग की लपट का रंग हरा और नीला होता है और ज्वाला फटी हुई अलग अलग होती है इसका प्रभाव असहनीय होता है धुआं तेज होता है और ये आग जल्दी बुझ जाती है। विषयुक्त अन्न का सेवन करने से चकोर नामक पक्षी की आँखों की लालिमा नष्ट हो जाती है और जीव जीवक नामक प्राणी जल्दी मर जाता है। तोता और मैना रोने लगते है अगर बंदर विष वाला भोजन खा लेता है तो वह मल त्याग कर देता है। इस प्रकार विष युक्त भोजन को पहचान सकते है।

1. सबसे पहले हमे विषयुक्त भोजन को पहचान करने के ढंग के बारे में पता होना ज़रूरी है।
2. बासी भोजन और फल सब्जियों का प्रयोग नहीं करना चाहिए।
3. फल और सब्जियों को धोकर कर प्रयोग करना चाहिए।
4. कीटनाशक औषधियों का प्रयोग सावधानी से करना चाहिए।
5. तांबे और कांस्य, पीतल के बर्तनो में खाद्य पदार्थ नहीं रखने चाहिए।
6. बोतल बंद और पैक किये हुए पदार्थो का प्रयोग कम करना चाहिए।
7. खान पान वाली वस्तुओं को हमेशा ढककर रखना चाहिए ताकि उसमे विषैले कीट आदि ना पड़े।
8. घर में विष मिश्रित औषधि और दूसरे द्रव्य अलमारी में बंद करके लेबल लगा कर रखने चाहिए।
9. कुछ खाने वाले अन्न और जल जन्तु भी विषयुक्त होते है इनको बिना उबाले हुए और अधिक मात्रा में नहीं खाना चाहिए।

अत: इस तरह आज भी विषकन्या की खोज जारी है। विषकन्या की पहचान करना बहुत ही मुश्किल है। कुछ लड़कियों को जासूस बनाके दुश्मन देशों में भेजा जाता है, जो कि सबके साथ घुल मिल जाती है, उन्हें हर युध कला में प्रशिक्षण दिया जाता है, हर पुरुष की कमजोरी औरत होती है जिसका यह लड़कियाँ फ़ायदा उठती है, यह लड़कियाँ पहले इन ऊँचे दरजों के पुरुषों को अपने मायाजाल में फँसाती फिर सारी गुप्त बातों को उनसे पता करती और अपने दाताओं को भेज देती और अगर यह किसी भी तरह पकड़ी जाए तो यह खुद अपनी जान ले लेती थी लेकिन अपना राज कभी नहीं खुलने देती है।

इन लड़कियों में कोई भावनायें नहीं होती है। यह किसी के जाल में नहीं फँस सकती थी बल्कि सबको अपने जाल में फाँसती। इन लड़कियों के शरीर में विष तो नहीं होता था किंतु यह कार्य विषकन्या जैसा ही करती है।

हमारे देश में ऐसी कई विषकन्याओ की कहानियाँ है जो अधूरी रह गयी है, कई के बारे में तो किसी को पता ही नहीं ना ही कोई ज़िक्र है। विषकन्या की प्रक्रिया में कई बच्चियों की जान दाओ पे लग जाती थी। राजपरिवार तो उन्हें अपना मक़सद पूरा करने के लिए तैयार करते थे। वे यह भूल जाते थे कि वह एक स्त्री बनेगी उसके भी कुछ सपने होगे, इच्छा होगी आख़िर में वह भी एक इंसान ही है, लेकिन स्वार्थ इतना अंधा होता है कि उसके सामने मनुष्य को कुछ नहीं दिखता।

विषकन्याए इन राजाओं के हाथ की कठपुतली होती थी यह अपनी मर्ज़ी से कुछ नहीं कर सकती थी। विषकन्या की प्रक्रिया बच्ची के शिशु काल से आरम्भ हो जाती थी इसलिए जब तक इन्हें इनकी शरीर के परिवर्तन के बारे में पता चलता यह विषकन्या बन चुकी होती थी। इनकी इच्छा का सवाल ही नहीं उठता था। बचपन से ही इनका मक़सद क्या है और इन्हें कैसे अंजाम देना है उसका प्रशिक्षण दिया जाता था।

राजाओं के शौक़ तो बड़े रंगीले होते थे तो और उनको जवान लड़कियों और ख़ूबसूरत लड़कियों से सम्बंध बनाने में बड़ा मज़ा आता था। इस कारण उनकी सेवा में कई लड़कियों का इंतेज़ाम करना पड़ता था और जिस राजा को अपने दुश्मन राजा को अंजाम देना होता हाँ वह उन लड़कियों के बीच अपनी विषकन्या को भेज देता था। जब राजा उस विषकन्या से सम्बंध बनाता था और उसकी मृत्यु हो जाती थी। राजाओं का अपने विषकन्याओ से कोई निजी लगाव नहीं होता था लेकिन ये विषकन्याए अपने विषदताओ के लिए अपने जान की भी परवा नहीं करती थी। कई विषकन्याओ को तो अपनी जान भी देनी पड़ी। कई अपने कार्य में सफल हुए कई नहीं हुए तो कई असफल हुए। कभी तो वे प्यार में भी पड़ी लेकिन कभी भ अपने प्यार को अपना नहीं सकी क्यूँकि उन्हें पता होता था कि उनका शरीर इसकी इजाज़त नहीं देता था। उनका विष ही उन का दुश्मन है। यह विष ही तो है जो विषकन्याओ को उनके मक़सद के आगे कुछ भी देखने का इजाज़त नहीं देता था। विषकन्याओं के बारे में यह झूठ बोला जाता है कि वह आधी नागिन और आधी इंसान होती है। विषकन्या देखने में एक खुबसूरत लड़की हो होती थी। कमाल की बालायें होती है कि बस आप उन्हें देखते ही रह जाए। आज की जासूस महिलाओं को विषकन्या का दर्जा दिया गया है। कार्य तो वही है बस प्रक्रिया बदल गयी है। ऐसी जासूस महिलायें देश विदेश में फैली हुई है और अपने मक़सद को अंजाम दे रही है।

विषकन्या के ऊपर कई कहानियाँ लिखी गयी है। ज्योतिषों ने लोगों की कुंडली में भी विषकन्या योग को ढूँढ निकाला है साथ ही साथ इनके काट को भी बताया है। विषकन्या का योग जिस भी लड़की की कुंडली में होता है, उससे उस लड़की के परिवार के लिए बड़े ही चिंता का विषय बन जाता है। अगर विवाह के बाद पति के साथ कोई भी अनहोनी हो जाय तो

पूरा दोष लड़की की कुंडली को दिया जाता है। लड़की हो या लड़का दोनो में ही विषकन्या या विषपुरश का योग पाया जाता है।

मैंने पहले इस बात की जानकारी आप सभी पाठकों देने की कोशिश की है। मैंने इस विषकन्या के अध्ध्याए को पूरा करने के लिए काफ़ी जानकारी प्राप्त की है और आप तक पहुचाने की पूरी कोशिश की है। इसमें कुछ कहानी सत्य है कुछ काल्पनिक है। आज विषकन्या का अस्तित्व तो नहीं है लेकिन उनके जैसे कार्यो को अंजाम देने वाले कई है। हर कोई विषकन्या नहीं बन सकता। विषकन्या बनाने के लिए यातना सहने वाले कठोर शरीर का होना बहुत ज़रूरी है। विषकन्या की कहानियाँ रहस्यात्मक होती है। कई रहस्य जुड़े हुए होते है जिनका पूरी तरह से खुलासा नहीं होता। राज़ों से पर्दाफ़ाश नहीं होता विष दाताओं का पता नहीं चल पाता। विषकन्या का नाम सुनते ही लोगों के दिल में डर बैठ जाता है।

मैंने आप सभी पाठकों को विषकन्या की पूरी प्रक्रिया उनका इतिहास और साथ ही अगर किसी को यह दोष है तो कैसे इसके दोष को हटाया जाय पूरी जानकारी देने की कोशिश की है। आशा करती हूँ मेरी यह कोशिश सफल रही होगी।

*****